U0905721

作家文摘

25周年珍藏本

晚清风云

《作家文摘》/编

作家出版社

目　录

变局

改良

革命

变局

袁世凯与明成皇后

·胡文辉·

明成皇后原名闵紫英，为朝鲜高宗之妃、纯宗之母，一般称闵妃。明成精明强干，是武则天、慈禧一流人物，援引母族把持朝政，与高宗生父大院君一派势成水火；她始而主张开化亲日，后转向亲中，最后复欲联俄抗日，1895年在“乙未事变”中为日本浪人虐杀，以后追谥为明成太皇后。

在甲午战争以前，清室为朝鲜宗主国，当时赴朝鲜官员自有亲见明成皇后者。1882—1883年间驻朝鲜的马良回忆：

> 袁（世凯）曾经告诉我说，高丽的闵妃非常淫乱，有意和他私通，我却不相信。第一，一个国家的母后，无论怎样淫乱，要想她同一个外国使者有苟且行为，恐怕是很难，这种体面，只要稍微有点身份的人，都不愿忽视的。
>
> 第二，闵妃这个人，依我看来，绝不会如袁所说，那样不自爱。当我在高丽任指导改革新政事宜时，常有机会觐见闵妃。就容貌说，她实在是我有生以来所看见的第一

个美人。她的身材适中，脸儿作鸭蛋形，鼻儿高高的，皮肤非常洁白匀润，乌黑的头发，态度也非常娴雅庄静。

袁世凯是否自作多情、自吹自擂？在1882年“壬午事变”中，大院君卷土重来，明成避难忠州，稍后清朝吴长庆率兵推倒大院君，迎回明成。当时袁年仅23岁，系吴长庆麾下得力干将，可谓雄姿英发；而明成返京时，他是第一位前往道贺的。则明成若垂青于他，似也不无理由。不过，后来袁居高临下，对朝鲜政局极为鄙视，责高宗昏聩无能，更斥明成“怙恶不悛，刚愎自用”，并多次计划推翻高宗和铲除明成。那时的明成，于袁当然已视同寇仇了。总的说来，袁世凯指明成“有意和他私通”，在时地上确有机会，但口说难凭，只得存疑。

袁世凯有三位朝鲜籍侍妾，传闻其一为闵妃家的养女，甚至指为闵妃之妹。但据袁克文所述，则三妾（包括克文生母）无一姓闵，与闵家实无任何关系。

至于明成之死，马良则说：

> 闵妃之死，更是可惨！当日本同中国开战，进兵朝鲜京城，围攻王宫时，太子被擒，闵妃自知不为日本所容，逃匿某寺院中，后被捕。不久便被人把她用棉絮捆扎起来，浑身灌以石油，活活地把她烧死了……

这里的叙述不尽准确。中日战争是在甲午年（1894），明成因此失势，但被杀则迟至次年年底，而且是在皇宫中被捕杀的。

据说明成酷爱摄影，天生丽质难自弃，故颇有其艳照传布于外。中国人见其倩影而诗以咏之者，以我所知，即有三例。其一即30年代钱锺书之七律《苇伊出示朝鲜闵妃小像，静女其姝，蜕出尘外，袁忠节尝叹为美人第一，良非虚说……》，未收入《槐聚诗存》。诗题称袁昶（忠节公）于明成"叹为美人第一"，与马良称明成是"有生以来所看见的第一个美人"，称得上是英"雄"所见略同，足见其人的美艳。

据我在网上检索到的资料，明成死后，照片多被销毁或淆乱，以至于长期以来，朝鲜竟将一名宫女的照片当作皇后，而明成的真实面貌至今仍未确定。但由我所见三诗，可知其玉照曾在中国流传不绝，那么，明成皇后的绝代姿容，或许尚存于吾国的天壤间吧。

当日中国人多哀叹明成皇后的红颜薄命，实有哀叹朝鲜沦亡之意，而唇亡齿寒，哀朝人实亦自哀也。19世纪末叶，中朝同样面临日人的步步进逼，而清有慈禧，朝有明成，皆女权当道。唯慈禧老而不死，明成盛年横死，则中国人见明成遗影，心中岂能无所感触？

（《作家文摘》总第1230期）

林则徐为何没能走得更远

·王 龙·

1841年9月3日，道光以办理禁烟不善为由，将林则徐和闽浙总督邓廷桢交部严加议处，随之革职。次年五月，盛怒之下的道光帝因为广东战败，归咎于前任，林则徐被革去四品卿衔，充军伊犁。发配新疆之前，林则徐再度上书道光帝，力言必须禁烟和重视海防，却被道光帝斥为一派胡言。

1842年，在流放伊犁的途中，林则徐给友人信中的一段话，道出了不为人知的心声："敌人的大炮射程远达十里内外，我方炮弹打不到他们，他们已经先打到我方，这是武器不如人之处；敌人放炮如放连排枪，可连续不断，而我方则是放一炮后再装填一发，辗转费时，这是技术不如人处。"

奇怪的是，在给友人的这封信中，林则徐明明知道大清的长矛弓箭不是船坚炮利的英国人的对手，却小心翼翼地千叮万嘱，请朋友务必严守秘密，绝不能将他这一看法透露给别人。这和那个铁骨铮铮，苦胆忧天，"苟利国家生死以，岂因祸福避趋之"的林则徐相比，实在令人难以置信。

林则徐已饱经宦海沉浮，开始变得瞻前顾后，忧谗畏讥。他从此不再轻易表达忧国忧民的真实想法，而将自己深深裹进明哲保身的安全外壳，以免再引起保守派官僚的攻击。

然而，没人知道，林则徐经历了怎样一番痛苦难熬的精神苦旅。

禁烟以来，最难琢磨的是皇上的心思。皇上的心思就是六月的天气，“忽剿忽抚，总无定见”。到头来，他这个坚决执行圣意的耿耿臣子，反倒成了有罪之人。

事实上，在当时的历史背景下，腐败衰弱的清王朝最为明智的策略是尽量避免与强大的英国轻开战端。即使一战，最好也应该是在整顿军备、充实武力以后。清王朝当时也确实希望避免“衅端”，道光皇帝给林则徐明确的训令是：“鸦片务须杜绝，边衅决不可开。”

林则徐何尝不想尽量采取和平方式禁绝鸦片？

查禁鸦片原本为大清堂堂正正的国家执法行动，林则徐还想到给主动缴出鸦片的英国商人以“奖励”，如此做法，难道“天朝”还不够温和仁慈？

从当时的世界大势看，为了扩充资本主义更广阔的市场，英国发动鸦片战争不可避免，并不会因为有一个善意的中国钦差大臣，而使结局发生改变。

然而，面对一场让国家付出如此惨重代价的战争，作为当事人的林则徐应该承担什么责任？

答案很简单：对敌情的严重误判。

1839 年 10 月 1 日，虎门销烟发生仅四个月后，英国内阁会议决定，派遣一支舰队前往中国，并训令印度总督予以合作。1840 年 2 月，英国政府任命懿律为海军统帅及全权代表，前往中国兴师问罪。这位懿律，便是被林则徐在虎门销烟中击败的英国驻华商务总监义律的堂弟。弟弟代哥哥报一箭之仇，可以想见他的心情会多么迫切坚决。

然而，林则徐一直认为鸦片走私是远离本土的英国商人，私自违反国令而进行的罪恶勾当，其国王等人“未必周知情状”，他们的行动肯定得不到英国国王的支持。

在真正和英国人翻脸以前，林则徐对形势的发展也不是没有自己的评估判断。1839年5月1日，正在虎门收缴鸦片的林则徐是这样向道光皇帝汇报形势的：从我到广东后观察到的情况看，洋人外表看似嚣张，内心其实怯懦。正因我大清总是担心轻启边衅，才导致养痈遗患，日积月深。接着他为皇帝分析道，首先，英国人从六万里外远涉重洋而来，主客众寡之势不言而喻，岂敢劳师袭远，轻举妄动？其二，即使其船坚炮利，亦只能取胜于外洋，而不能得逞于我内河。其三，除却鸦片一项，英国人即使老老实实做正经买卖，也可以获利三倍，何苦非要和我们过不去呢？

至此，林则徐再也没有对英国人可能发动战争作进一步关注分析。直到1840年6月中旬，英军抵达广东沿海的战舰已达到四艘，林则徐仍在奏折上说：“伏查英夷近日来船，所配兵械较多，实仍载运鸦片。”他竟然把一次即将到来的大规模战争，当作司空见惯的武装走私，并信誓旦旦对道光皇帝说，正如圣上英明的预见，谅英国人也不敢轻举妄动。

而就在他这份向道光报告平安的奏折离开广州不到10天，英国远征军海军司令伯麦率领第一批部队到达虎门口外；而奏折到达北京的那天，英军已占领舟山12天了！

战争来到了，前线的主帅不但未能及时发出战争的警报，反而在一片风平浪静中提供了麻痹大意的相反信息，这是林则徐一生中所犯的最大错误。

对敌人在战略上先输一筹了，那么在战术上又如何呢？

面对从未交过手的英国人，林则徐在1839年9月给皇上的奏折中说：“夷兵除枪炮之外，击刺步伐俱非所娴，而腿足裹缠，结束严密，屈伸皆所不便，若至岸上更无能为，是其强非不可制也。”这实际也是当时通行的一种荒谬见解，认为洋人腿不能弯曲，故只长于海战，一登岸就无可作为。1840年8月，林则徐听到定海沦陷后，曾献策悬赏激励军民杀敌并鼓动说，英国人膝盖不能弯，“一仆不能复起”，只有任人宰割。

正是基于过分的自负和偏见，林则徐大大低估了英军的陆战能力。他在官涌主持修建的两座炮台，根本没有防御敌方从侧后发起地面攻击的措施。结果，战事一起，英军很快就在港口战舰和登陆部队的夹击下，一举攻陷炮台。事后，英军一位官员还很纳闷地在一封信里告诉友人：“真奇怪，这些炮台完全没有防御地面攻击的设施，就像是欢迎我们回家的摆设。”

更令人不可思议的是，林则徐还认为洋人嗜好吃牛羊肉，若无从大清国进口的大黄、茶叶以辅食，就都会消化不良而死。在给道光皇帝的奏稿中，他写道：“况茶叶大黄，外夷若不得此，即无以为命。”为此，他亲自写了一份准备递交给英国女王维多利亚的文书，颇为自信地强调：“大黄、茶叶、湖丝等类，皆中国宝贵之产。外国若不得此，即无以为命。”他以此发出警告，想迫使英国人遵纪守法，回到正轨上来。

今天看来，这些充满错觉甚至荒谬的见解，如果放在其他蒙昧的大清官员身上尚可理解，可对于在中国近代史上被公认为“睁眼看世界第一人”的林则徐来说，无疑让人匪夷所思。

然而，在中国当时闭关锁国的环境下，作为饱受儒家思想熏陶的知识分子，林则徐也不可能完全摆脱高高在上的“华夷”观念，承认中华文化已落后于西方的残酷现实。在他的奏章、笔记中到处可见对洋人“夷”“奸夷”“逆夷”的种种称谓，将其比作“犬羊”“鸡狗”一类，蔑称为“异种”。他在称呼“英吉利”“米利坚”的国名时，一定要在每一字前冠一“口”字，以示警告与轻蔑。林则徐只承认西方的坚船利炮比中国的优越，从不认为他们的文明也比中国先进。他对西方的民主制度毫无兴趣，不屑地认为：“美利坚并无国主，只分置二十四处头人，碍难遍行传檄。”美国独立自主的各州州长，在他眼里犹如蛮夷之地的土司头人。

林则徐在“天朝上国”心态的支配下，轻敌思想在所难免。他看不到英国为了满足本国资产阶级扩大远东贸易市场的要求，将要发动对中国战争的可能性，自然就在情理之中。

（《作家文摘》总第1704期）

大清甲午战败的深层原因

·黄治军·

北洋舰队强大下的危机

甲午海战惨败的北洋舰队是大清朝廷投入精力最多的一支舰队，也是军费最有保障的一支军队。舰长等中高级军官拿着相当于如今几十万的年薪，而普通士兵们的年薪不到中级军官的三十分之一。大清海军是个高薪的行业，天之骄子，但只有内部人员清楚，钱都被上峰拿走了，上下之间的收入差距很大。

但高薪带给北洋舰队军官们的并不是有效的管理和刻苦的训练，他们最热衷的一件事还是赚钱。

按照《北洋水师章程》规定，在北洋舰队常年停泊的基地威海刘公岛，除了丁汝昌，各级军官都不得在岸上买房子，必须常年住在舰上。但这一条是基本没人遵守的，比如方伯谦就在威海、烟台、大沽、上海等地拥有多处房产。

丁汝昌不仅在刘公岛上盖了自己住的房子，还修建了大批商铺用于出租，然后这些租金落入了他自己的腰包。聪明的方伯谦发觉了这个发财的机会，也搞了不少出租屋，于是两位房东大人因为争抢租客问题，进行骂战。

买这么多房子，自然是为了找小三方便。书生意气强的方伯谦先是与丁汝昌同时看上一位妓女，然后又与刘步蟾同时想娶一个美女小妾而差点拔刀相向。

腐败是从中高层开始的，那就不得不影响普通士兵。上行下效，历来就是腐败学得最快。

在刘公岛基地的周边，有一排排的娱乐场所，包括赌馆、鸦片馆、茶楼、妓院等，从头数过去不下50家。它们都与军方相关，将领们有时是作为顾客来照顾生意，有时是作为幕后老板来照看生意。而大家每年最盼望的就是冬天的到来，一入冬，就可以带着军舰去南方过冬，然后泡在上海或者香港的花花世界里，乐不思归。

短短几年时间，新兴的北洋海军就像八旗绿营一样迅速全军腐化了。

大家都忙着赚钱和享受，日本虽然被列为假想敌，大部分人都知道清日一战不可避免，但战术问题是没有人来研究的，备战工作也不是认真去办的，日本海军的情报，也是没人去收集的。

日常的训练也就是走走过场而已。当有领导来视察时，旌旗蔽日，把定远和镇远拉出，巨舰出海，让领导高兴一下。如果要看实战演练，也很好办，靶子早就在一个固定的位置准备好，几个预定的开炮点也设置好，检阅开始，军舰开到这些预定地点，打多少炮也百发百中，舰队摸索出了一条具有北洋特色的让领导满意的视察模式。

这样的军队不战败倒是不正常了。

为何大清不打持久战

300年前，日军由丰臣秀吉带领进攻明朝，虽然他只打到了鸭绿江边。但是在明清两代对中华帝国的战争中，日本的战略都是一样的，这个战略可以用一个字来概括：速。

先抢夺制海权和朝鲜战略要地，再直插辽东半岛和山东半岛，速战速决，擒王劫政，以迅速取得的胜利迫使对方投降，换来和约。

其实对日本来说，这样的战略带有极大的赌博性，完全是一个不计后果的亡命赌徒式的打法。但这也是没办法的，因为日本国小民贫，补给有限，无法进行消耗战，日本的国力无法支持一场长期的战争，只要在一处遭到对手的牵制，就将满盘皆输！

比较一下，大明和大清在战争初期都有战败，不同的是，大明很快清醒过来，那个万历皇帝虽然从来不上朝，但他对跟倭国战斗到底的信念是无可动摇的。在坚定的信念下，后来的明军开始改变战法，以消耗日军有生力量和延缓其攻击步伐为主要作战目的。大明“抗倭援朝”战争持续数年，日本被打到崩溃边缘，不久即爆发内乱，国内长年内战，国力一蹶不振达200年，以至于后来的郑芝龙（郑成功的父亲）仅凭几条海盗船就能横行日本！

所以，在历史上，除了无比强大的唐朝和元朝以外，对日作战历来都做好“相持以久，持久以战”的准备。

面对北洋舰队的失利，清军新任总指挥刘坤一提出了持久战的战略。这种想法是很符合现实情况的。一旦清国确定了要和日本长时间打仗，这对日本只能是个不幸的消息。

清日战争开始后，日本不仅投入了本国几乎全部的陆海军，国内兵力空虚，更重要的是——他们快没钱了。

为了维持这场战争，日本已经花费了临时军费2亿日元，而当时日本全年财政收入才8000万日元。也就是说，为了打这场仗，日本把未来几年的钱都花完了，整个国家也变成了一个为战争服务的机器，在战争正式爆发后仅仅3个月内（至1894年11月），日本全国工业生产就减少了一半（51%），商业减少了三分之一（31%），农业生产减少了13%。打仗是需要钱的，为了继续打下去，日本准备向汇丰银行借款。

但大清朝廷并不打算这么做。不这么做的原因并不是朝廷没有这个想法，而是根本不可能这么做。

对于朝廷的实际最高统治者慈禧来说，她面对的事实是，淮军已经灰飞烟灭了，这支军队是李鸿章的，同时也是她的权力基础。淮军是属于后党的，这仗再打下去，只能由帝党的人来继续负责指挥。很显然，谁指挥战争，军权就会落到谁的手上，如果帝党掌握军权，这是慈禧和她的后党集团不愿意看到的。

正是因为这个原因，从战争一开始，李鸿章虽然明知这场战争绝无胜算，属于朝廷帝党一派的清流言官们又不断攻击，背后搞小动作，但李鸿章还是要硬着头皮打下去。因为只有清日之战是由后党集团的人负责组织和指挥，才能确保朝政大权继续留在慈禧和后党集团的手中。而当战争进行到有可能为国内的权力带来洗牌、影响到当权者权力基础的时候，这场战争就必须结束。

战争结束了，那么就开始和谈吧。对后党集团来说，只要签个条约，赔点银子，所有的担忧都会解决了。

（《作家文摘》总第1707期）

肃亲王的心思

·张 鸣·

晚清有两个亲王级的满人亲贵最明白事理，一个是庆亲王奕劻，一个就是肃亲王善耆。

奕劻跟善耆比起来，根子不粗，原本不过一般宗室，靠着巴结和能干，才一点点爬上去，最后也混了个世袭罔替的亲王帽子；而人家善耆，则压根就是天生的铁帽子王府里的嫡派子孙，根正苗黄（清人皇族尚黄）。而且论为人，善耆清廉，奕劻贪鄙，奕劻的贪，满朝知名，他的王府，如果没有大笔的门包，想进门都没戏。不进门，事当然办不成。而善耆做北京崇文门税监，整顿税务，给税务人员提高薪水，但不许潜规则受贿，自己则一介不取。明白的满人，都跟汉人混得不错，这两人自不例外，都有一群汉人朋友。但一些以清廉自命的汉臣，却很讨厌奕劻，相反对善耆有好感。但是，这样两个明白人，在晚清当家太后慈禧的眼里，分量却是一轻一重，重的是庆亲王奕劻，轻的是肃亲王善耆。不是西太后不明白两人的优劣，关键在于帝后隔阂的微妙格局。

自戊戌政变之后，西太后跟光绪皇帝实际上已经成了政敌。政变之后，西太后费尽了心思，也没能废了光绪，反而惹出了庚子拳乱之祸，差点把祖宗江山给丢了。但是，即便如此，废不掉的光绪，依然只能做西太后的囚徒。囚徒可是囚徒，一旦年迈的西太后死了，年轻的囚徒就会鱼跃翻身，成为真正的最高统治者。

由于这样的微妙政局，清廷新政时期，满人亲贵的心理相当微妙。尽管当时的帝后都咸与维新，但守旧的满人，心里还是向着太后，感觉太后更稳当，更倾向于维护满人利益。但是，对于皇帝成年、女人当家这样一种明显违反祖制的做法，多少还是有些嘀咕，暗地里担心这种牝鸡司晨的状态，会给祖宗江山带来不祥。传说是恭亲王奕訢说的，大清早晚得亡于方家园（慈禧的娘家所在）。其实有这样想法的旗人，绝不是一两个。而趋新一点的人，则更倾向于皇帝，由于太后年事已高，这种倾向就越来越明显。

其实，就是守旧的人，也得盘算在西太后之后的日子怎么过。奕劻和善耆都是明白人，但善耆是真正的趋新，奕劻只是懂得利害而已。相比之下，奕劻跟西太后更亲近一些，而善耆则跟皇帝有更多的感情。庚子年逃难，据善耆自己讲，颠沛流离之间，他更多的是在照顾光绪。

所以，后来议和的时候，两人都被西太后派去协助李鸿章跟西方各国谈判。但是后来的新政，两个人权位份额却大不一样。奕劻被委以重任，首当大局，而善耆则只是主管民政，接袁世凯的茬儿，编练警察。即便如此，在这个领域，他也不能握有全权，袁世凯的人还是在里头起作用，而袁世凯则跟奕劻走得很近。西太后不是不知道奕劻贪，但贪而忠诚，还是得大用。

在晚清的最后几年，虽然新政红红火火的，但明眼人都看得出，西太后跟光绪的政敌关系并没有缓解。心胸狭隘的西太后，绝不可能容忍光绪自然接班，从囚徒变成真皇帝。换言之，她一定要弄一个自己的人继承大业。要实现这个目的，已经70多岁的老太婆，就一定要死在30多岁的光绪后面。这么一来，光绪的处境就相当危险了。

跟宫廷有天然联系的满人亲贵们，当然不是瞎子，他们也看到了皇帝的这种危险。感情上更接近光绪的肃亲王，甚至说他编练京师的消防队，完全按照军队形式训练，目的就是一旦皇上有不测，就以救火的名义冲进去，把皇帝救出来。但是，直到1908年11月14日，西太后病危，却突然传来光绪皇帝暴毙的消息（后来证明光绪的确是被毒死的），什么救助动作都没有做出来。以奕劻为首的多数满人亲贵，还是倾向于让西太后的意志继续下去，不管这个意志是否会葬送他们的祖宗江山。而善耆这样的人，又缺乏做大事的决断。只能眼睁睁地等待机会，再看着机会溜走，无所作为。

等到革命到来，大势已去，才如梦方醒。跟守着赃款、踏实过悠闲日子的奕劻不同，跟所有满人亲贵都不同，肃亲王善耆一直在奔走复辟，撇家舍业地搞复辟，全家动员投身复辟。为了复辟，他不惜跟日本人打连连，家里还因此而出了一闻名遐迩的川岛芳子，加倍败坏了这位清末贤王的名声。但是有什么用呢？昔人已乘黄鹤去，此地空余黄鹤楼，大清江山一去不复返了。

（《作家文摘》总第1850期）

晚清官场的四大汉臣

·王学斌·

祁寯藻、彭蕴章、周祖培、翁心存，是咸丰、同治之际的四大显宦，在能力、情商、运气与家族背景方面都堪称人生赢家。他们对晚清政局的判断与干预，更是影响了这一时期的政治走向……

同治五年（1866）十月二十二日，享有“三代帝师”“四朝文臣”之誉，被左宗棠称为“身留京师，系天下望”的重臣祁寯藻驾鹤西去，终年74岁，清廷赐谥号“文端”，入祀贤良祠，可谓隆遇。不及半载，又一显宦周祖培撒手人寰，时年75岁。清廷亦未怠慢，赐谥号“文勤”，实属优恤。

老臣一一凋零，惹来后辈之慨叹。翁同龢赴祁府吊丧时恸哭不已，于日记里写道：“先公执友至此凋丧尽矣！”众所周知，翁父乃大学士翁心存，除却祁、周二人，尚有彭蕴章。这四位长者在咸丰、同治之际的进退与作为，对于政局之消长与变幻，绝对是举足轻重，堪为彼时老人政治的样板。

毋庸置疑，经历过无数惊涛骇浪的老人们，他们拥有着常人罕匹的执政经验，这十分可贵，亦十分可怕。它会让长者们趋于无为与世故。

祁氏虽老成持重，却往往尚空言而不务实。咸丰登基初期，一心求治，于是总问计于祁氏“用人行政之道”。祁每每“引经据典，动逾晷刻”，其滔滔不绝且不切实际的言论令同列大臣们深以为苦。咸丰刚开始还听得进去，后来也颇不耐烦。1855年，祁称病求退，咸丰不作挽留，爽然允之，并且未按惯例为祁氏暂留大学士一职，而是立即将其授予贾桢，此人乃恭王的老师。彼时恭王已入主军机处，且以非常规方式取代祁氏的首席之位。与一位年仅二十出头的天潢贵胄共处中枢，矛盾似不可避免，与其日后身陷囹圄，不如趁早离开，以待时机。

不久恭王被咸丰清理出军机处，后开明官员文庆短暂执掌，但终因重病辞世。于是首席军机大臣这个大馅饼砸在了彭蕴章的头上。彭氏向来之行事风格，按照《清史稿》的说法，“廉谨小心，每与会议，必持详慎”。说得难听点，即不表态、不担责、只磕头、少发言的和事佬。后来曾国藩的心腹薛福成在品评咸丰朝祁、彭两位相国时，用了“有学无识”四字，可谓颇中肯綮。在他们任期，衰局恶化为危局。

当然，面临严重的政治危机，特别是你死我活的千钧一发之际，老人们的作用又尤为关键，他们的判断与导向往往直接关系着某派实力的兴亡荣枯。就在彭氏任内，肃顺已悄然崛起。随着肃顺日渐强势，素来明哲保身的彭蕴章名为首辅，实际伴食宰相而已。后其感觉形势不妙，索性以养病为由开缺。这样，在朝堂内与肃顺略能过招的汉人高官，便只有翁心存与周祖培了。

翁氏为人倒也刚直，“与肃顺同官不相能，屡乞病，不许。（咸丰）九年，复固请，乃予告去职”。然而次年，肃顺便以“户部宝钞案”失察之名，给予翁氏革职留任处分。如此一来，四位长者，唯剩下周祖培与肃顺周旋了。恰这老周正是虚与委蛇的太极高手。周氏心知，面对咄咄逼人的肃顺，硬来显然不明智，只能以退为进，伺机而动。

辛酉年，周祖培一改往昔唯唯诺诺之态，成为打虎关键人物之一。咸丰殡天后，清廷内部已隐然分化为肃顺集团与叔嫂集团两大阵营，一场宫廷政变不可避免。就在双方尚彼此试探之际，周祖培首先发难。他私下授意门生御史董元醇于八月初六呈递《奏请皇太后权理朝政并另简亲王辅政折》，公开质疑肃顺等八大臣之合法性。既然同治年幼，不能亲政，就必须由两宫太后暂代朝政，以防止类似肃顺之徒“稍肆其蒙蔽之术”。并意抬出恭王，制衡肃顺诸人。

董折可谓雪中送炭，令两宫、恭王眼前一亮。之后在组织汉族群臣支持政变过程中，周氏出力尤多。待打虎成功，周祖培又连发三招，深得两宫之意。首先，对于肃顺等人，他建议“皇太后可降旨，先令解任，再予拿问”，除之而后快；紧接着，他又特意令秘书班子搜集历代太后临朝的先例，替慈禧草拟《太后垂帘章程》，详细论证了两宫垂帘听政的必要性；同时，周上折指出原先由载垣制定的年号“祺祥”，意义重复，请予更正，遂改为“同治”。

政变前后，周氏由隐忍到爆发，表现可谓非常给力，为叔嫂集团最终获胜立下大功。老臣于沧海横流之中的砥柱角色，由此可见。

（《作家文摘》总第1867期）

晚清立法为何取师日本

·李贵连·

用西方法律来改造中国的传统法律，这是晚清法律改革的主旋律。这一倡议的始作俑者，是当时中国最有实力的督抚首领——时任湖广总督张之洞和两江总督刘坤一。最早提议聘请外国法律专家参与中国法律改革的也是他们。

但是，法律改革启动后，实际聘请的法律专家没有按照刘坤一、张之洞的方案进行。大清法律馆在将近10年的时间里，聘请的全部都是日本的法律专家。为什么会有这么大的变化?

每大国聘请一名律师来华编纂法律

光绪二十七年（1902）六月初五日，张之洞、刘坤一在联衔会奏变法的奏折中，提议先制定近代工商业的矿业法、铁路法、商法和交涉刑法。制定方法是，由总理衙门出面，电令清朝驻外使节，“访求各国著名律师，每大国一名，来华充当该衙门编纂律法教习。博采各国矿务律、铁路律、商务律、刑律诸书，为中国编纂简明矿律、路律、商律、交涉刑律若干条”。

从上述内容可以看出，这个提议的背景是鸦片战争后领事裁判权形成而带来的频繁教案，以及1860年代以来近代工商业的出现而带来的利权之争。因此，他们的动议实质上还不是法律改革的倡议，而是应急之法。

所以，他们设计的“编纂律法”的主持机构是总理衙门，也就是不久就改名的外务部；编纂者全为外国律师，没有中国法律专家；所要编纂的法都是漂洋过海而来的西方法。

按照他们当时的设想，这些高薪聘来的外国律师，除了编纂上述四法之外，还要帮助中国培养法律人才和担任司法审判。从国内当时的情况看，戊戌维新的思想领袖康有为、梁启超，虽然口不离西学西法，实际上他们对外国法律一窍不通，而且还亡命海外。法律改革开始时，熟悉了解外国法律的人实际可能只有三人：伍廷芳、严复和黄遵宪。

从《日本国志》可以看出，黄遵宪熟悉了解日本明治维新后施行的新法。但是，早在戊戌政变之时，他就被慈禧斥革，并令严加看管，不准再涉官场。连官场都不准进，当然不能参加立法修律。严复以翻译西方政治法律学说名世，虽然没有法典翻译，对英国法应该是了解的。可能也是戊戌变法时期的表现吧，他也没有成为修律人选。

剩下一个就是专门学过英国法律、后来又担任过香港法官的伍廷芳。他是胜任法律改革、草拟新法律草案的人才，他入选了。不过，入选之时他还远在驻美国公使任内。至于熟悉了解旧律的人才，时人公认的法律专家是薛允升、赵舒翘、沈家本。改革开始时，薛、赵都已辞世，沈家本成了唯一人选，他入选了。

法律改革一开始，取法日本的方向就已确定

晚清法律改革距戊戌变法不过三五年时间，而且是在变法遭受镇压而导致民族危机加深的局面下提出的。因此，戊戌时期所造成的社会认同，不但没有从人们的思维中消失，反而更加强烈。社会认识如此，清政府的高层官僚也是如此。

其中，刘坤一、张之洞、袁世凯会保沈家本、伍廷芳修订法律的奏折说得最明确："近来日本法律学分门别类，考察亦精，而民法一门，最为西人所叹服。该国系同文之邦，其法律博士，多有能读我会典律例者，且风土人情，与我相近，取资较易。"这个奏折出自袁世凯，由刘坤一、张之洞联名上奏。可见刘、张在法律改革开始时，便已放弃了他们前面所说的方案。这是社会认同，所以法律改革一开始，取法日本的方向就已确定。

沈家本等在受命修订法律之初，即负"参酌各国法律"之责。要"参酌各国法律"，就必须了解各国法律；要了解各国法律，就必须翻译各国法律。编译成为参酌各国法律必不可少的环节。但是，当时的翻译存在两大困难：一是翻译人才缺乏，特别是既懂英、法、德等西方国家语言文字，又懂法律的专才极少；二是西方法律法学著作数量大，下手翻译，极为不易。

对这种困难，沈家本身在其中体会极深："欲取欧美之法典而尽译之，无论译者之难其人，且其书汗牛充栋，亦译不胜译。"如果以日本法律法学为对象，这两个困难都较易克服。

20世纪初年，由于留学日本热潮的出现，成千上万的知识分子东渡日本，其中学政法者为数最大。通过几年的学习，出现一批既

掌握日本语言，又粗具政治法律知识的人才。日本新法，来自西方，了解了日本法律，也就了解了西方各国的法律。

这里要特别提出的是，沈家本非常推誉日本学者学习西方的态度：日本旧时制度，唐法为多。明治以后，采用欧法，不数十年，遂为强国。是岂徒慕欧法之形式而能若是哉？其君臣在上下，同心同德，发愤为雄，不惜财力以编译西人之书，以研究西人之学，弃其糟粕而撷其英华，举全国之精神，胥贯注于法律之内，故国势日强，非偶然也。

就财力而言，由于当时清朝廷库储枯竭，修订法律馆的经费十分困难。光绪三十三年（1907），法律馆离部独立，沈家本请求清廷，年拨法律馆经费七万两。对此，清廷长时间未作答复。无可奈何之下，沈家本不得不主动请求减少到三万两，才使法律馆得以运转。

这笔经费，既要支付高薪聘请的日本专家，又要高薪挽留任职法律馆的海归们，还要支付前往日本考察司法以及国内派往各省调查民情风俗商事习惯人员的费用。如此等等，即此已是焦头烂额。因此，就当时的财力而言，也只好以日本为主要学习对象。

基于上述原因（此外急功近利也应该是原因之一），借鉴取法日本，聘请日本法律专家，可以说是时代的宿命，是法律改革的必然选择。

（《作家文摘》总第1886期）

三个美国人与太平天国兴亡

·[美]约翰·海达德**文**　河道宽**译**·

1836年，美国传教士史蒂芬穿上中国长袍，偷偷溜进广州，把一本本宣扬基督教的小册子，悄悄地送给科考的生员，洪秀全就在其中。

另一个美国人在这段历史中也扮演了重要的角色。洪秀全用史蒂芬塞给他的小册子为教义蓝本，积极筹划太平天国起事。因此时史蒂芬已去世，急于寻求精神指引的洪秀全找到了另一个美国传教士，这个人叫罗孝全。

当太平军节节胜利，夺取了清政府控制的大片地区时，洪秀全从天京的天王府召唤罗孝全前来布教。罗孝全相信，影响这个太平天国统治者是他个人的使命。

第三个影响太平天国的美国人，用的却不是宗教而是军事技术。此人名叫华尔，是职业冒险家。他率领中国士兵组成的军队，装备洋枪洋炮，战功惊人，多次打败太平军，同时也使清政府官员既恐惧又钦佩。

史蒂芬——悄悄“点燃”太平天国的人

史蒂芬悄悄塞给洪秀全的那本小册子，名曰《劝世良言》，是1832年一个中国传教士梁阿发所写。

1843年，三次科举考试均落败的洪秀全鼓起勇气第四次应考，却再次落榜。失望的洪扔掉书本，谩骂考官。

几个月后，有个表弟注意到洪秀全书架上的《劝世良言》，看过以后，他请洪也看看。洪大吃一惊，发现这本小书可以帮他解释自己曾做过的怪梦：一个金色胡须的老人让他去战妖魔……金黄胡须的人是上帝，与他一道斗阎罗王的是耶稣，天门的守门人是天使，阎罗王是撒旦。至于他本人，他就是耶稣的兄弟，上帝的第二个儿子了。后来，那些宣教册和梦境构成了上帝授予洪秀全的天命：“天命落在我身上。”

洪秀全开始传教。家人和村民信他那个版本的基督教以后，他在广东广西云游传教。

罗孝全——洪秀全的御用神父

1846年，洪的一个熟人听说，美国传教士罗孝全在广州城里办了一个礼拜堂。这个熟人找到罗孝全的中国助手，讲述了洪秀全神秘的梦。这个助手相信，罗孝全愿意见洪这位有远见的人，所以他致信洪秀全，敦促他到广州。

然而，罗孝全并不怎么待见洪秀全，拒绝为洪洗礼。洪秀全悻悻然离开广州，罗孝全则继续在礼拜堂传道。

1849年，洪秀全及其追随者把他异梦中的妖怪与清朝统治者画上等号。到1850年，他的传教运动有了军事斗争实力，1851年1月11日洪秀全宣告太平天国成立，自称天王。

罗孝全1852年去香港时，偶然读到太平军的文书，那是洪秀全的族弟洪仁玕留下的文件。突然的发现令他吃惊：运动的领袖就是他的学生！他的狂想如脱缰的野马。他写道："这个首领曾受传教士（指他自己）教诲，我想他是可以接触的，也是可以教诲的，他将全面掌握耶稣的真理。"

1853年，天京的信使点燃了罗孝全的自大狂。来人携洪秀全的亲笔信——罗孝全之狂喜难以名状。信一开头云："分别许久，深切忆念。"随即进入正题：

> 已将十诫布之于军民人等，教其朝夕诵祷，惟领悟福音者为数尚未甚多。现特派人前来问安，请尊兄不弃，多带兄弟前来，传布福音，施行洗礼，使获真道。

天王召唤罗孝全上天京。欣喜的罗孝全写道："上帝保佑，用武之地从未如此广阔，前途从未如此光明。前程似锦，令人目眩！"

然而令他失望的是，本来他来天京的目的是纠正太平军怪异神学的错误，但洪秀全心里想的是从前的老师必须当恭敬的学生，他要让罗孝全接受太平天国的信仰，这套信仰与其说是建基于《圣经》，不如说是以洪秀全所见的异象为基础，他要罗孝全走遍世界，担任他的使徒。

罗孝全希望影响洪秀全，去除洪秀全神学里最可怕的偏离。然而，洪秀全没有表现出丝毫受影响的迹象。洪秀全给他发了一道《诏书》云：你要相信，我就是上帝选民的救世主，你为什么不敢肯定，上帝曾把天条戒律授予我？更糟糕的是，他见不到洪秀全了。到19世纪60年代初，洪秀全退隐到内廷，只召见密友和家人。

罗孝全的中国梦一团糟——什么也救不了，唯一剩下的就是他的太平天国故事该如何结束。他继续在天京街头挑衅性地布道，毫不留情地抨击太平天国的教义。罗孝全很快就引起太平天国领袖的仇视。

1862年1月13日，洪仁玕“冲进”他的住所，痛骂罗孝全，接着就动手打人。罗孝全回忆说，洪“把一杯茶泼在我的脸上”，“揪住我拼命摇晃”，“扇我一耳光”。更恶劣的是，他转向罗孝全视如己出的僮仆，用佩剑乱劈，“刺死我那可怜、无害、无助的僮仆后，他脚踩男童，宛如恶魔”。

罗孝全仓皇出逃，跳上一艘英国军舰。

华尔——镇压太平军的流浪汉

清军不能遏制太平军，清廷感到恐惧。

预计到太平军的进攻，苏淞太兵备道吴煦和银行家杨坊意识到，既不能依靠无能的清军，也不能依靠外国人，只能自己想办法自保。他们向外寻求帮助。一个自大的美国人华尔，29岁，血气方刚，提议由他来招募、训练和武装一队外国人，换取报酬。他发现吴煦和杨坊欣然同意。

华尔1831年生于塞勒姆，父亲是海员，想让儿子也当海员，但他缺少让儿子担任高级船员的资产。华尔缺乏光明前途，但不乏航海技能，成了一个游荡的冒险家。他有兴趣从军，申请上西点军校未果，于是就出去闯荡。

中国的内战给华尔提供了其他冲突中缺乏的东西。然而，他的行动违背了美国中立的官方立场，这就使他成了英美侨民眼里的“歹徒”“亡命徒”和“危险人物”。对这些侮辱绰号，他毫不理会，一心一意去找雇佣兵。因为上海任何时候都停泊着三百来艘海船，华尔很容易就搜罗了一批在中国海滨游荡的人——流浪汉、海军逃兵、流亡者和痞子。这些欧洲和美国白人都会玩枪，但缺乏纪律。因此，华尔和他的两位副手法斯尔德和白齐文把部队带到一个训练场整训。这是一块烂泥地，在上海西南，离市区20英里。

训练三个星期以后，吴煦和杨坊等得着急了。他们提醒华尔，他们用现代武器装备洋枪队，耗资甚巨，对敌作战的时间到了。1860年6月，华尔不太情愿地率队攻打太平军占领的松江城，该城紧邻上海，战略价值高。

突进之后，士兵们与太平军的大刀队肉搏。同时，他们夺取了太平军的榴弹炮，调转炮口轰击内城，猛扫叛军。黎明时分，太平军余部逃离，华尔宣告拿下松江城。

1862年，华尔突袭关夫岭（译音），太平军重兵把守，视之为攻入上海的重要据点。华尔采用一种新的攻城术，也是他攻打每个城镇都采用的战术。首先，为了快速部署部队，他利用江苏密如蛛网的河道，调遣军队，运送大炮。抵近城垣时，汽船上的大炮猛轰，摧毁严密城防要塞，华尔率士兵冲锋进城。

接着，华尔以同样战术打下萧塘。5个星期内三战三捷，华尔的洋枪队在扬子江三角洲地区夺取了太平军的三个要塞。因战绩出色，江苏总督薛焕奏请皇帝获准，将“洋枪队”更名为“常胜军”。

在三战三捷的激励下，华尔希望扩大常胜军。1862年，薛焕准许其扩编为三千人。

这三个美国人，在点燃、滋养和镇压太平军中起了重要作用。他们每个人都发挥自己的想象，独自扮演了影响近代中国的角色。

（《作家文摘》总第1936期）

“会审公廨”：倒逼大清司法进步

·李夏恩·

大清司法与洋人的“爱恨情仇”

1785年1月8日，聚在广州的外国商人和行商，被召集到广东按察使衙门，感受远在几千公里外北京紫禁城中的大清皇帝的愤怒。

皇帝的愤怒源自45天前广州黄埔港海面上的一起命案，1784年11月24日，一艘名为“休斯女士号”的英国港脚船在鸣放礼炮时，误杀了附近划子上的两名中国船夫。

肇事炮手“啲些哗”（Donahue）畏罪潜逃，英国人本来认为这不过是一起不幸的意外事故，那名炮手顶多算过失杀人加逃逸。

但大清朝官员却不依不饶，在索要凶嫌不得后，扣押了“休斯女士号”的大班史密斯（George Smith，中国官方文书中称“士蔑”），并且威胁英国人将会断绝商馆的饮食、封锁贸易，并且禁止所有英国船只离开广州。英国人则召集舰船兵临广州，眼看鸦片战争将提前56年爆发。

但最终，双方都认为为一名低微的炮手和两个背运的礼炮看客而大动干戈太不值得。于是，在中方含糊其辞地做出嫌犯将会得到公正审判，并且在审明无罪后即行开释的诺言后，英人交出了炮手“啲些哗”。

然而结果却令所有西方人惊骇不已：皇帝的谕旨下达，对英国人拖延交付凶犯一事龙颜大怒。更出乎这群“不知天朝律令森严”的“夷人”意料之外的是，就在他们聆听皇帝谕旨时，那名炮手已经在距离十三行不远的郊外被施以绞刑。

不推定任何犯罪动机，没有陪审团，没有证据展示，更没有律师法庭辩论就判处死刑；甚至在官方做出了公正审判、无罪开释的承诺后，还对犯人进行秘密处决。毫无疑问，这种做法几乎侵犯了所有西方式原则。

鸦片战争前，中西方对司法管辖的明争暗斗

“绝不能让中国官府对本国臣民所行使的绝对专制权力运用到我们头上。”1784年“休斯女士号”事件成了一个导火索，加上逐渐积累的“酷刑帝国”的野蛮名声，使英国人决计寻找一个既不让本国无辜人民受到伤害，又可以让中国人满意的方法。

他们想到的解决方案是，由中方划给英方一个通商口岸，在此通商口岸内“华人可处于本国司法管辖下，但英国臣民则服从英国法律，英方官员只为自己的行为负责”。但这几乎无法实现。

在之后的50年里，洋人小心翼翼，不让自己的同胞陷入大清“不公不义”的司法和酷刑中。他们找到了大清司法的灰暗地带——只要悄悄塞给大清官员一笔“意思”，他们就不会弄得这些夷人“不

好意思”。

1820年和1821年的两起英国船员杀死华人案也都以同样的方式了结，在1820年的案件中，想翻案上访的死者家属甚至还遭到大清官员的严惩。

这种情况当然不能长久下去。1839年7月12日，30多名喝得醉醺醺的英美水手在香港尖沙咀上岸，借着酒劲儿与当地华人大打出手，一个叫林维喜的中国人被打死。

时任英国对华贸易总监义律打算再一次打出“意思”的王牌，但这次，他面对的是被后世中国人奉为民族英雄的林则徐，“意思”失效了。

林则徐祭出大招——商馆饮食被断绝、“夷人”被封锁、船只被禁止出港，这一次不仅仅是为了惩罚藏匿凶手的英国人，更是为了迫使他们交出荼毒天朝的鸦片。

“一个屁引发的血案”，却悄然推动大清的司法进步

1869年8月31日，英国人卓尔哲（Robert George）因故意杀人罪在上海租界监狱被处决。这离“休斯女士号”那名被绞死的水手所引爆的冲突已经过去了85年。

这一次，是洋人对另外一名洋人执行绞刑，在场观看的中国官员和英国领事都感到非常满意。事实上，这是依照1843年《中英五口通商章程》中领事裁判权条款，由中国官员和英国领事共同会审判定的一起案件。

案件的始末很是简单，就是“一个屁引发的血案”。1869年6月23日早晨，中国工人王阿然和陈唔乃像往常一样到引翔港外中国人

耶叔开设的船厂上班。卓尔哲是这个工厂的守更人，正在做饼吃，王恰好放了一个很臭的屁，卓破口大骂，引爆了这场争端，最终，王阿然被卓尔哲用洋枪轰毙，陈唔乃被打断了一根手指。

一场手段残忍的蓄意谋杀，凶手理应判处极刑，对此中英双方均无异议。争端只有一点，就是量刑。中国官员认为像这样罪大恶极的凶手应当判处斩首，绑赴市曹处决，才能“使众目共以戒人之不可轻犯”，但英方却认为西方没有斩首之刑，所以主张判处绞刑即可。

在中国的法律中，绞刑乃是轻于斩首的次一等的刑法。比之斩首之血腥酷烈，绞刑自然更合乎人道——在西方人的影响下，法律量刑正朝着以人道为取向的价值迈进，大清官员也认为这个判决“衡情论法，足昭平允”。

实际上，大清官员并没有意识到中国传统的法律体系，正通过一个个这样的华洋案件的判决，在西方法律体系的渗透下节节退缩。

会审公廨，让华人尝到了免于拷打与律师辩护的好处

对当时的大清官员来说，让夷人管好夷人自己，是件既理所当然又省去麻烦的事，只有华洋之间的诉讼才是令人头痛的关节所在，这也是“治外法权”带给大清官员最现实的苦恼。

这在最早建立租界的上海尤为明显，上海租界的外国领事，每日将有犯罪情事的华人，解送上海城内交给大清官厅审问。

但在1862年，英国领事发现，一个被确定犯有抢劫重罪的华人重犯，在被解送到大清官厅后，居然在第二天又大摇大摆地出现在光天化日之下——“此尤不可理解”。实际上，许多移交大清官厅的

罪犯也是如此，回到故地，重新犯罪。

大清官员的怠忽职守，验证了西方人头脑中大清司法野蛮粗鄙的刻板印象，将华洋诉讼交给这样的官僚机构进行审判，其公正程度着实令人忧虑。

结果一个名为“上海公共租界会审公廨”的机构在1869年横空出世，英国人卓尔哲的杀人案，就是会审公廨审判的第一宗洋人谋杀华人的案件，从双方都很满意的结果来看，这一新鲜出炉的机构确实使中外官员如释重负。

但一种无形的压力也暗含其中，主要是对大清官员的。公廨章程规定必须任命一名华人同知作为委员，专驻洋泾浜管理租界内司法事务。

这意味着大清官员熟悉的一切断案手段，或者说是刑讯逼供的方法，都不能使用。大清官员必须适应西方法律体系下侦查、勘验、取证、起诉、预审、上诉等一系列相当陌生的司法流程。

1876年为大清帝国管理海关的洋客卿赫德指出：“外国人责备中国官员接受贿赂，并力言中国的刑讯将使任何无辜的人承认自己为罪犯；相似的，中国人并不相信领事们不接受贿赂，他们指出外国人讯问证人的方式并不总能使真相大白，并且陪审制度并不经常使审讯公平。”

但即使是在大清帝国眼中愚顽的民众，也懂得如何做出趋利避害的选择。从1870年开始，会审公廨便规定，涉讼当事人，无论华人还是洋人，都有权延聘外籍辩护士为其进行辩护。所谓的辩护士，就是现代的律师，与中国传统的“状棍”完全不同。

19世纪80年代的大清官员渐渐发现自己的处境十分尴尬——1869年绞死英国人卓尔哲所带来的那种“衡情论法，足昭平允”的满足感，已经被越来越强烈的紧迫感取代。

西方法律体系正在驱逐大清的法律体系，那个曾经为大清官员所适应的由“明镜高悬”、惊堂木和板子组成的旧时代行将就木；一个由陪审团、律师、侦探、起诉书、调查报告和法庭辩论的时代，即将到来。

（《作家文摘》总第 1952 期）

荣禄：功臣还是罪人？

·马忠文·

荣禄是近代史上发挥过显著作用的清朝重臣，又是一位十分复杂的历史人物。死后清廷极力褒扬他的功绩，有论者甚至称他堪与同治中兴名臣“相爵”，而诋之者则斥之为国家“罪人”，口诛笔伐，不遗余力。

荣禄如何迎来仕途发达？

荣禄在晚清的崛起首先得益于其家世背景。他所隶属的满洲正白旗在八旗中属于“上三旗”，地位较崇，任官机会也优于“下五旗”。他的祖父统帅军队战死疆场，伯父和父亲作为总兵在同太平军作战时双双战死，受到朝廷的格外褒奖，咸丰皇帝明谕优恤，赞誉瓜尔佳氏为“世笃忠贞”。荣禄正是借着这种祖荫进入官场，并一直得到皇帝拔识。

与宗室和满洲贵族结姻也是荣禄维持和保障家族地位和本人权势的政治手段。荣禄继室萨克达氏为御前侍卫熙拉布之女，与咸丰皇帝元妃萨克达氏（咸丰未登基前已殁）为本族。萨克达氏病逝后，荣禄续娶宗室灵桂之女爱新觉罗氏。荣禄长女为礼亲王世铎子诚厚之妻；而贝子溥伦之原配为慈禧侄女，后病逝，经慈禧指婚，又娶荣禄侄女瓜尔佳氏为继室。更具政治意义的是，庚子回銮后，慈禧将荣禄幼女指婚给醇王载沣，后生育了宣统皇帝溥仪。这些联姻关系，无疑是巩固其权势的有力保障。

荣禄仕途的发达，还有当时手握重权的军机大臣文祥和李鸿藻的鼎力提携。荣禄升迁户部员外郎，受到肃顺排挤后，又以开缺候选道员参加京城防卫，这些都是文祥主持的。李鸿藻是继文祥后在枢中支持荣禄的关键人物。李、荣交谊对晚清朝局影响尤大，李鸿藻死后，荣禄任用的汉员多以李氏门生故吏为主，如鹿传霖、吴重熹、张人骏、袁世凯、瞿鸿禨、张百熙等都出自李鸿藻门下。某种程度上，文祥—李鸿藻—荣禄是清季权力关系中比较清晰的一条人脉线索。

甲午战争改变了荣禄境遇

甲午战争的爆发改变了荣禄的命运。这场战争导致恭王复出，翁同龢、李鸿藻再次进枢，而另一位满洲官员刚毅也开始进入权力核心，使朝局发生重大改变。为应对危局，荣禄再任步军统领，特别是奉旨充任督办军务大臣，介入练兵、修建铁路、对外交涉等重要决策，获得了几乎与军机大臣同等的权力。他的政治活动空间开始超越先前的旗务系统，得到全新拓展。甲午战争后期，因为和战争议，汉族大臣间发生严重分歧，李鸿章、孙毓汶、徐用仪、翁同龢、汪鸣銮、吴大澂、文廷式等官员在战后，或开缺，或投闲，或遭到慈禧猜忌，汉人势力都受到严重削弱；而荣禄、刚毅、徐桐、崇礼等满洲权贵的势力乘机得以增强。

从中央与地方的权力格局看，荣禄通过督办军务处编练新军，实际上开始扭转自咸丰末年湘系、淮系兴起后地方督抚控制军权的局面。甲午战后，清廷以自强为名，直接掌握练兵大权，乘机将长期被李鸿章等汉族督抚把控的军权收归中央。这是荣禄逐步谋划完成的。从胡燏棻定武军易帅、袁世凯小站练兵，到戊戌年荣禄出督直隶、统领北洋各军，再到创建武卫军，自始至终，荣禄都将军权牢牢控制在手中。这是清季罕见的现象，明显具有满洲贵族加强集权的意图。尽管庚子武卫军的惨败使荣禄的远略未能实现，但是，中央练兵的机制被固定下来。后来袁世凯编练北洋六镇，也是在练兵处的统一规划下完成的。

荣禄与戊戌政变的关系

在晚清的变法过程中，荣禄长期被视为“后党”“顽固派”，这与政变后康、梁的宣传有关。另一方面，学界长期将康、梁的活动作为甲午战后改革的主流线索来研究，忽略了清廷自身推行的实政改革。陈寅恪曾说“当时之言变法者，盖有不同之二源，未可混一论之也”；“至南海康先生治今文公羊之学，附会孔子改制以言变法。其与历验世务欲借镜西国以变神州旧法者，本自不同”。而清廷推行的变法正是通常所说“中体西用”（洋务派）的改革轨辙。荣禄、陈宝箴、张之洞都属于“借镜西国以变神州旧法者”，他们在不同程度上也是改革者。

荣禄与戊戌政变的关系一直是学术界激烈争论的焦点问题。荣禄通过策动慈禧训政，来达到中止光绪帝推行激进改革的目的，这个事实是无可怀疑的。从这个意义上说，他是政变的主谋之一。但是，长期以来我们对戊戌变法的失败原因简单地归结于慈禧、荣禄等人的扼杀，而对康、梁一派过于脱离实际、急躁鲁莽的做法缺乏分析，而把一切新政全部归结于康、梁的倡导，也不尽符合事实。更何况，荣禄在政变后积极调和两宫，极力保护光绪帝，避免事态恶化，庇护新政官员，并继续维护和推动某些新政，当时得到很多积极的评价。

（《作家文摘》总第 1963 期）

一个八国联军军官在陷落的北京

·[法]皮埃尔·绿蒂·

皮埃尔·绿蒂（Pierre Loti，1850—1923）是法国名重一时的作家，代表作《冰岛渔夫》《菊子夫人》等被译成多种语言。1900年，绿蒂曾作为法国海军军官来到中国，目睹了八国联军侵占北京和对义和团的镇压。

进入紫禁城的第一夜

我与法国公使馆人员在我的住所共进最后一顿饭。一点半时，我借用的搬家用的两辆中国大车到了，装上不多的行李，带着我的随从，我们走向紫禁城。

先是经过了使馆区，到处是废墟，到处是士兵。随后来到更加偏僻、几近荒芜的中国区域，满眼废墟，天空中白色黑色碎片到处飞旋。街区主要通道、门口、桥梁处可见到欧洲或日本的警卫，实际上，整个城市都有士兵守卫着，时时还有勤务兵和印有国际红十字会标志的救护车经过。

进入紫禁城之后，我十分惊讶，因为里面根本不是一个城市，而是一片树林。一个阴暗的树林，枝叶间乌鸦呱呱乱叫。这里树的种类与天坛的一样，有雪松、侧柏、柳树，都是上百年的大树，形状扭曲。远处，可以看见树木下依稀分布着一些孤零零的古老王宫，琉璃屋顶，门前蹲着大理石怪兽的雕像，样子十分可怕。

“现在，”我的陪同者说，“请看，这是荷花湖，这是玉蝀桥。”

荷花湖！我想象着，眼前出现一片荷花，亭亭玉立于水上，同中国诗人吟唱的一模一样。就是这里！就是这个湖，这片忧郁的沼泽上却漂浮着被风霜打得焦黄的枯叶！

玉蝀桥！对，架在一排白柱子上的白色拱形桥，这优雅精致的曲线，这一行行头上雕着怪物的圆柱，跟我的想象完全吻合：十分典雅，极具中国风情。不过，有一点我万万没有想到，那就是芦苇丛中会有两具已全然腐烂的尸体，上面漂着破烂衣衫。

来到这个奇怪住所后的第一顿晚餐让人难以想象！我们几乎是在黑暗中用完晚餐的。那支从祖先祭台废墟里捡来的小红蜡烛头在风中摇曳，几乎什么也照不着。

宫中使用的盘碟都是用极珍贵的陶瓷制作的，呈黄色，上面有帝王的年号，这位帝王与路易十五同一时代。但是，我们的葡萄酒和混浊的水却盛放在一些不伦不类的瓶子里，瓶塞是士兵用刀雕的土豆块。瓶子里的水经过无数次煮沸，因为井里的水被尸体污染，有可能传染疾病。

我们在长廊里用餐，长廊很长很长，消失在黑暗里，依稀还能看出帝王的奢华。仅三个月的光景，三个月前这里曾是何等的笙歌艳舞啊！没有死一般的沉寂，处处是音乐与鲜花，留下生命的迹象；宫廷贵族与侍者们身穿绸缎，行走在如今已经空荡荡、被毁坏的庭院里……

我的皇家大床是用紫檀雕刻的，褥单和枕头都用珍贵的丝绸做成，上面饰有金丝；没有被子，只有士兵用的灰色羊毛被。

“明天，”分管这片宫殿的上尉对我说，“你可以到皇帝的仓库里根据自己的爱好选择一些物品，随便选几件，不会有问题的。”

我没有更衣，和衣躺在嵌有金丝的美丽丝绸床上，只是在我那单薄的灰色被上加上了一张老羊皮、两三件绣着金色怪物的龙袍。

黑暗中寒风肆虐，半睡半醒之间，我听到黑夜里远方传来的枪声或惨叫……

李鸿章的召见

李鸿章同意9点钟同我会面，时间有些晚了，我便急匆匆离开后宫的住所。

半小时的狂奔后，我们进入了一条没有尽头的小胡同，在一间破烂的房屋前，尘土终于停止了……

不知何因，也许很复杂，这房子的入口处由一队哥萨克士兵把守。我被带入院子深处的一间房内，里面杂乱无章。在街口迎接我的那位中国人身穿绛紫色丝袍，是这里的翻译，法语讲得准确，而且用词高雅。他对我说：“已经去通报中堂了。”

片刻，另一个中国人把我带到一个院子。在一间会客室的门口，李鸿章走过来迎接我。他由两个仆人搀扶着，个头比他们整整高出一头。他身材魁梧，高高的颧骨上是一双细小但深邃、炯炯有神的眼睛。尽管他的棉袍上显露出斑点，有些破旧，但他仍显得很精神，有大老爷气派。

他先是询问我的年龄和收入，谈完当天的热点话题后，李鸿章对北京的废墟表示痛心。他说："我访问过整个欧洲，参观了所有国家首都的博物馆。北京也有自己的博物馆，'黄城'本身就是一座大博物馆，有着几百年的历史，可以与你们的任何一座媲美……可是现在，这座博物馆被毁掉了……"他随后打听我们在后宫做些什么，很有分寸地询问我们是否在那里损坏了什么。

我们做过什么，他比我们还清楚，因为到处都是探子，我们的脚夫里都有探子。我告诉他，我们在宫里没有破坏任何东西，这时，他那深不可测的神色中流露出几分满意。

会见结束后，我们握手告别，李鸿章还是由那两个低他一头的仆人搀扶着，他一直把我送到院子中央。当我在门口向他做最后的道别时，他再次提醒我送他一本我写的北京纪实。这位中国《一千零一夜》中的老王爷身着破旧的衣袍，在凄凉的氛围中接待了我，尽管他热情得体，但我时时刻刻都感到他那难以掩藏的不安的眼神，也许是轻蔑和讽刺的眼神吧。

太后出逃时丢弃的绣花鞋

公使馆的一个人热情地告诉我一个信息，在金水河南边的一个小岛上，树木遮掩着太后那弱不禁风的宫殿，她在那里度过了最后几天惊恐的日子，然后坐着大车仓皇而逃。太后就住在宫殿"第二道院子左手第二间卧室"，那里有一张雕刻的卧床，地上有一双绣着蝴蝶和花的红色丝绸鞋，这双鞋非她莫属。

我立刻奔回"黄城"，在玻璃长廊里急匆匆地吃了饭，和两个侍从很快就出发了。

差不多走了两公里后，我们不费吹灰之力便找到了那个小岛。宫殿坐落在白色的大理石基座上，看上去漂亮娇弱。宫殿的大门敞开着，通向大门的台阶又是那么洁白无瑕，各种各样珍贵的物品碎片散落在上面。

“第二道院子左手第二间卧室里！”就是这里……里面有一个宝座，几张椅子，一张很矮的、上面手工雕琢着神鬼的大床。但一切都被毁坏了。肯定是用枪托砸碎的，玻璃全碎了。以前，太后正是透过这些玻璃欣赏河面的波光、粉色的荷花、大理石桥、小岛，以及所有的人造或天然的景色。

我迅速在那张大床下寻找，一会儿工夫就找到了我要找的东西：先是一只，后又是一只，一双红鞋，令人惊叹，更是滑稽！这是一双十分普通的女式绣花鞋，鞋的怪诞在于它的跟，足有三十厘米高，整个鞋底都那么厚，像雕像的基座一样，逐渐增大，可能是用很多层白色的皮革做成。没有这鞋底，似乎人会摔倒。

我还没见过这种女鞋。现在的问题是怎么把鞋带走，而不至于让路上可能碰到的哨兵或巡逻队认为我们掠夺了物品。

奥斯曼想把鞋用绳子拴在雷诺的腰带上，掩盖在军大衣长长的下摆里面。一切像变戏法，我们让他试着走路，让他走起来尽可能自然些，以防被别人看出来。我一点也不感到内疚，我甚至猜想，如果昔日那漂亮的太后从远处看到这一幕的话，她肯定是第一个嘲笑我们的人……

（《作家文摘》总第916期）

从反清筹款看另一种传统

·郭玉闪·

革命历来是一群非常之人行的非常之事。近代辛亥革命建立起了中国历史上第一个共和国。而成功促成此事的革命者所遭遇困难非常之大，也因此多有非常之事。

筹款，即为革命活动筹集经费，是辛亥革命前的最大困难。当时，康有为的保皇派与孙中山的革命党在海外争夺华侨资源时甚至到了斯文扫地、大打出手的地步。国内的同志，也是无所不用其极。

大通师范学堂和筹款

大通师范学堂和秋瑾，我们都耳熟能详。事实上，创办大通师范学堂的是徐锡麟、陶成章等人，最开始也不叫师范学堂，而是大通武备学堂，目的是为筹款做掩护的，其后才慢慢发展成一个为起事做准备的准军事训练基地。

我们都知道，光复会在上海成立，蔡元培做了会长，不过他对于会党组织能力不算很好，而且醉心于学问，不耐烦人事，所以光复会在经费上一直很紧张。而徐锡麟野心大，能力强，在草根阶层中的威望也很高，于是，蔡元培就派了从弟蔡元康到绍兴找徐锡麟，商量经费的事情。这两人最后商量出了一个抢银行（钱庄）的方法来。

抢银行需要人和枪，这枪是当时徐锡麟的一个学生许克丞出钱买了，但还需要训练行动人员的开枪技术。于是设立武备学堂的想法就出来了。在武备学堂的名义下，可以用体育训练的名义把各地素有反志的会党招来训练。而且将来抢了银行，钱财也有地方放。

不过，这个计划最后并没有实施，原因是当时掌握射击技术的人太少，而且也没有通驾驶技术的人才。徐锡麟等的念头又从抢银行转到了武装举事上，这个原来为抢银行准备的武备学堂终于变成了为起义准备的大通师范学堂。大通学校以体育专修科为主。一时浙江大量草莽英雄齐集，声势浩大。后来，徐锡麟为了从内部攻破清廷，离开大通，混入了清政府的武装力量里，而秋瑾则接手大通并和一众同志继续培养武装力量，最终，爆发了清末著名的丁未年安庆举事和浙江起义。

盗金佛和蒙汗药

革命党的筹款行动，除了徐锡麟的抢银行外，还有同盟会湖北分支的盗金佛。湖北分支的主要领导人有焦达峰、居正等。他们在武汉活动，最后闹得“坐食山崩，资金不敷”，于是焦达峰和居正一起去蕲州一带一个香火很旺的达城庙踩点，计划将庙里的金菩萨偷走，把金熔化了卖钱。踩了两次点都没有机会下手，最后一次带了几个大力士和一应工具，兵分两路向达城庙进发。焦达峰那一路只有三人，先到了目标地，因为等不来另一队（当晚下暴雨），就先下手，在庙的后面打了一个洞，进去以后把金菩萨扳倒了，结果由于人手不够和有用的工具在另一队，这三人弄了一个晚上，只把金菩萨的一只胳膊卸了下来。天亮之后，挟着就想开溜，可惜庙附近的农户（也是庙的信众）起得太早，没有机会了，只好把它扔到了水塘里，然后狼狈逃窜。路上停下喝水时队伍里的一个大汉还被闻风而至的粮差抓了，不过又被大汉借机逃脱了。至于焦达峰他们这支特殊的筹款队伍最后得以从粮差手里脱身，还有赖于他们队伍里有人知晓会堂行话，和粮差能有另一层面的特殊沟通。

比盗金佛还离奇的是下蒙汗药。当时有个湖南人叫邹永成，刚从日本回来，去武汉看望革命同志孙武，见焦达峰叹息经费之事，于是提供情报说他的婶子有很多值钱的首饰。这群为了伟大事业献身的革命者，设法从新军里弄来了一些麻醉品，放到这位婶子的早饭里，想把她麻倒之后再从容取其首饰贡献于革命。结果，孙武、焦达峰一干人马按时行动时却发现这位婶子“立于堂前，言笑自若”——当然行动也就又一次宣告失败。

造反文化的传统

像这样的故事，常常使我们回想起《水浒传》：即使母夜叉孙二娘和菜园子张青在孟州卖的是人肉包子，即使它是无论哪种文明都无法容忍的残忍，他们依然成了替天行道的梁山泊好汉。这其实是我们国家一种悠远长久的造反文化：当天下被无道的昏君蹂躏备至的时候，揭竿而起、替天行道具有无比的合理性。

这种造反文化里的一个突出特征是：目的高于手段。只要目的合理，手段可以不论。革命造成的混乱、纷争甚至残酷，是通往美好社会的必需代价。对此发出哀叹的是妇人之仁。革命制造的各种牺牲不但是值得的，而且是如此的堂堂正正，以致革命的历史学家会不厌其烦、事无巨细地一一记录，以供后世瞻仰。

造反文化对吾国吾民的浸染，实在深远。无论王朝时代，还是近一百年来，卖人肉包子出身的梁山泊好汉比比皆是。我们常常说，我们的历史和传统被毁掉了，其实，当我们凑近看时，会发现，我们离传统实在近得很呐。

（《作家文摘》总第1153期）

清末新政何以未能挽救清王朝

·崔志海·

1901—1911年的清末新政是晚清历史上的第三场改革运动，也是清政府的最后一场自救运动。然而，这场具有一定资本主义性质的近代化改革运动不但没有实现清政府的初衷，反而加速了清朝的覆灭，个中缘由，耐人寻味。

为新政筹款激化官民矛盾

清政府在义和团运动遭八国联军镇压的背景下启动新政改革，很大程度上是为了清朝最高统治者慈禧太后改变自身顽固守旧形象，逃避列强追究其纵容排外运动的责任，以博取外人的欢心。因此，这场改革从一开始就无视民众利益。

在新政伊始讨论改革路径过程中，作为清廷负责新政总机关的督办政务处曾主张改革须以救贫为始基，绝不可“先事搜刮”，建议先尽裁冗费，取天下所痛恶者革除一二，天下所甚愿者兴办一二，以争取民心。但由于这一改革建议过于保守，并不符合当时慈禧太后的趋新意愿而未被采纳。清政府最终采纳的是，湖广总督张之洞和两江总督刘坤一在《江楚会奏变法三折》中提出的改革方案和主张。

《江楚三折》的确如许多论者已指出的那样，是一个比较全面的近代化改革方案，内容涉及官制、军事、法制、教育、农工商业及财政和货币改革。但它同时也是一个地地道道的“先事搜刮”的改革方案，根本没有顾及当时中国的国力和民力。在这一改革思想指导下，清政府的岁入和岁出及财政赤字随着新政的推行，直线上升，广大民众的痛苦指数也急剧飙升。

政治改革引发的内讧

在清末新政改革过程中，1905年是一个重要的分水岭。受日俄战争日胜俄败系立宪战胜专制神话的迷惑和鼓舞，在国内立宪派和一部分官员的建议和奏请下，是年7月清廷颁布上谕，派遣五大臣出洋考察政治。1906年9月1日便发布诏书，宣布“仿行宪政”，将政治体制改革置于核心地位，作为新政的突破口。清政府的这一改革转向，不但打乱了清末新政改革计划，加重改革负担，而且还诱发和激化了清朝统治集团内部的权力斗争，由此危害整个新政改革事业以及清朝的统治。

1906年9月，中央官制改革一启动，袁世凯就有意借官制改革机会，裁撤军机处，按照立宪国家成立责任内阁，拥护他的政治盟友庆亲王奕劻出任国务总理，自己做副总理大臣，以此达到控制中央政府的目的。但此一方案传出后，立即遭到王文韶、鹿传霖、瞿鸿禨、醇亲王载沣等官员的坚决反对，部院弹章蜂起，甚至慈禧太后本人也大为震怒，结果设立责任内阁方案胎死腹中。

1907年春、夏之间，东三省官制改革又直接导致清廷内部发生轰动朝野的“丁未政潮”。以岑春煊、瞿鸿禨、林绍年为首的汉族官僚不满直隶总督兼北洋大臣袁世凯勾结庆亲王，借中央和地方官制改革之机扩充个人势力，联合御史赵启霖等，以杨萃喜案参劾庆亲王贪庸误国，引用非人，亲贵弄权，贿赂公行，结果导致袁世凯的亲信、黑龙江巡抚段芝贵遭撤职、查办，庆亲王之子载振被免去农工商部尚书一职。袁世凯和庆亲王则联手部署反击，先以广东有革命党人起事为由，将岑春煊排挤出京，由邮传部尚书调任两广总督，继又贿买御史恽毓鼎，参劾军机大臣瞿鸿禨“暗通报馆，授意言官，阴结外援，分布党羽”，致使瞿遭革职，后再设计诬陷岑春煊结交康梁、密谋推翻朝局，致使岑再遭开缺。同时，林绍年也被赶出军机处，出任河南巡抚。

“丁未政潮”从1907年的4月一直延续到8月，长达4月之久，虽然以奕劻和袁世凯的获胜而告终，但因预备立宪政治改革引发的权力斗争并没有因此归于平静，反而被重新点燃。“丁未政潮”平息后不久，富有统治经验的慈禧太后就进行权力的再分配，为抑制庆、袁权势，9月4日以明升暗降之策，将袁调离北洋，削去袁的兵权，任命袁为军机大臣兼外务部尚书，同时将另一位汉族重臣、湖广总督张之洞调入北京，任命张为军机大臣兼管学部。而在此前的6月19日，慈禧太后乘罢黜瞿鸿禨军机大臣之机，任命醇亲王载沣在军机大臣上学习行走，以此达到既制衡庆、袁权势，同时又加强中央和皇族集权的一箭双雕的目的。

1909年摄政王载沣上台执政后，清朝统治集团内部围绕政治改革而展开的权力斗争更趋白热化。为防止袁世凯在将来政治改革中通过攫取责任内阁总理大臣一职，控制朝政，载沣在一部分满洲贵族和汉族官僚的鼓动下，于1909年1月2日下达上谕，彻底剥夺他的权力，以“足疾”为由，将袁开缺，令其“回籍养疴”。

与此同时，载沣还进一步将权力集中在以他本人为首的满族亲贵少壮派之手，不但自任陆海军大元帅，训练一支由他亲自统帅的禁卫军，而且还任命他的二位亲弟弟载洵和载涛分别为筹办海军事务大臣和军咨大臣，掌控清朝海军和陆军，打击妨碍他集权的其他满洲贵族，先后解除当时清廷中两位最具干练之才的满族官员铁良和端方的职务。

因政治改革所引发的清廷内部权力斗争，一方面导致清末预备立宪政治改革严重走样，毁坏了清末政治改革名声和实际效果，同时也削弱了新政的领导力量，致使清朝末年呈现出“朝中无人”的景象。另一方面，因政治改革引发的权力倾轧还加速了统治集团内部的离心力，特别是瓦解了作为清朝统治支柱的满汉官僚政治同盟关系，由此给清朝统治带来灾难性后果。当辛亥革命爆发后，手握北洋军权的汉族官僚大臣袁世凯，没有像曾国藩当年镇压太平天国农民起义那样对付武昌起义，继续维护清朝统治，反而与南方革命党人谈判、妥协，逼迫清帝退位。而清朝的满族亲贵们也因清末的权力斗争彼此猜忌、交恶，不能合力对付革命，而是自谋出路，各奔前程。清朝统治就这样在众叛亲离中轰然倒塌，这不能不说是预备立宪政治改革所产生的一个恶果。

政策失误，得罪民间立宪派

清政府在日俄战争之后启动预备立宪政治改革，不但激化了清朝统治集团内部的权力斗争，而且还进一步恶化了与由传统士绅转化而来的国内立宪派的关系，促使原本支持清政府改革的国内立宪派倒向革命一边，进一步削弱了清朝的统治基础。

尽管清政府在启动预备立宪时，一再公开声明他们无意放弃君主权力，实行英式或美式宪政，但预备立宪一旦启动，就打开了潘多拉盒子，自然激发起国内立宪派的民主热情。1906年9月1日仿行立宪上谕甫一颁布，国内立宪派们便闻风而动，成立立宪团体和组织，研究和宣传西方宪政，推动国内政治改革。谘议局和资政院相继开办后，国内立宪派更是充分利用这一政治平台，行使民主权利，并于1910年发起三次全国性速开国会请愿运动，要求清政府于1911年召开国会、成立责任内阁。

虽然立宪派们提出的速开国会的要求在当时并不具备条件，过于激进，但他们因宪政问题与清政府产生严重冲突和破裂，这是一个不争的客观事实。在速开国会的请愿遭拒绝后，国内立宪派便对清政府产生了二心，1911年春、夏间在国会请愿运动的基础上成立全国性的政党组织——宪友会，将建立宪政的希望寄托在自身力量的壮大上。当1911年5月8日清政府推出皇族内阁后，各省立宪派便立即采取行动，公开与清政府叫板，要求清政府解散皇族内阁，按照内阁官制章程，另简大员，重新组织，内阁须受议会监督。

迨至武昌起义事发，各省立宪派便纷纷抛弃清政府，倒向革命的一边，相继宣布独立。这些，都不能不说是清政府政策上的重大失误。

（《作家文摘》总第1669期）

刘鹗乃双面间谍？

·山 风·

《老残游记》的作者刘鹗，于1908年6月在南京被秘密逮捕后流放新疆。第二年，刘鹗因脑充血逝世于迪化（乌鲁木齐）狱中。

站不住脚的三大罪状

1908年6月17日，道员杨文骏到南京谒见两江总督端方时，转述了袁世凯的意旨，嘱拿刘鹗解京。袁列举了刘鹗的三大罪状："一戊戌垄断晋滇矿利，二庚子盗卖仓米，三丁未年私运韩盐。"于是要求端方"密饬查拿……发往新疆永远监禁；该犯所有产业，著两江总督查明充公"。

该案值得一考的细节不尽其数。这三项罪状疑点甚多。根据历史学研究员汪叔子等人的考据，恐怕都靠不住。第一宗罪，指的是刘鹗"于光绪二十四年间……借款办矿，并希图承办云南矿务……该员垄断矿利、贻祸晋滇"。实际上，尽管刘鹗确实参与了山西开矿章程的制定工作，亦提出"借洋款开办"的主张，却谈不上自行垄断矿利的罪状。当时开采矿藏，由于“土法土匠”确工艺不精，也缺乏资金，引入外商开采、中洋分利的做法实际是通行大江南北的。刘鹗之过失，至多在于“原订借款章程，尚多遗漏”，而其谋利之罪，“均属言之过甚”或“多有附会”。

第二宗罪，“庚子年盗卖仓米罪”也同样不成立。1900年，八国联军洗劫京城。留守京城的王公贵族百姓都只能向列强官兵求粮乞食，或请求赫德为首的联军允许他们向各地采买粮食。刘鹗便在此背景下，响应上海救济善会之倡议，志愿入京救急，并捐银元两千两，购得仓米约两万石前往北京。随着庚子协议签订，情况好转，刘鹗购买的仓米还剩余约七千石，便以平价出售，换回部分钱款。此举在当时亦经过朝廷批准，谈不上“盗卖”，何况这些仓米原本是刘鹗自行筹款所购。

第三宗罪，“丁未年走私辽盐罪”同样存在诸多漏洞。刘鹗确实曾于1905年前后，与日本人郑永昌合作开设精盐提炼公司，打算制炼精盐运销朝鲜。然而这笔生意并没有做成。

受到“高、钟间谍案”牵连

不过，值得注意的是，刘鹗的交易伙伴郑永昌先生，当时是日本驻天津领事，刘鹗由此开始屡屡赴日游历，并与日本使领官员开始了一些交往。据考证，刘鹗实际是受到了当时“高、钟间谍案”的牵连，涉及通日告密之类的“危害公共安全罪”。

高为高子谷，系刘鹗妻舅；钟为钟笙叔，为刘鹗密友。高、钟当时均在外务部任职，两人因受贿于沙俄驻华公使璞科第，经常将军机要闻出卖给俄国使馆。不仅如此，连同日本使馆也总是能得到秘密信息。

当时恰逢中日就辰丸号渔船进行谈判。日本公使竟早已知晓清廷底线与策略。时任外务部尚书的袁世凯大惊，遂下令严查此案。由九门副提督乌确锦伪装成哑巴，投到高家充车夫侦查此案。某日，高派乌确锦送封密电给俄国使馆，遂案发。

而刘鹗在“高、钟间谍案”发后不久，便成为被怀疑的对象。高、钟二人供出外围同伙数人，其中便包括了经常从他们手中获取秘密信息的刘鹗。据二人供述，刘鹗曾经从高、钟处获取关于中国铁道、矿权等事项的“政府秘不宣要件”，以手抄录后以电、函形式私发给一名叫“哲美森”的商人。

与此同时，因刘鹗与日本使节交从甚密，经常能从日本使节那里获得新的政军动向。比如，当1904年日俄战争尾声时，刘鹗便在《上政务处书》中向清廷报告了许多日、英、俄的最新动向，并向政府提出兴学养兵、经营工商等建议。

就这一点而言，这位近代史上兼具政客、商人、文学家身份的刘鹗，恐怕还有着“双重间谍”之嫌。以当时的政治形势和法律判断，其暗取信息、私通日本的举动，确无法逃脱汉奸间谍之恶名。而外务部及袁世凯之所以如此急遽而动，未审先捕，无非出于避免军事政治信息进一步泄露的需要。因此，这一点无可厚非。

（《作家文摘》总第1526期）

西人笔下的晚清山西巡抚

·沈 迦·

牛津大学汉学教授苏慧廉晚清末期出任山西大学堂西学斋总教习。山西大学堂是中国近代最早创办的三所官办大学之一，另两所是京师大学堂与北洋大学堂。作为一校之长，苏慧廉与当时山西的高层有颇多的往来。晚清社会动荡，苏慧廉在晋五年，山西的巡抚就换了三人。苏慧廉与夫人路熙都有回忆录传世，他们的女儿谢福芸也撰写了多本关于中国的书，他们一家人眼中的山西巡抚呈现出别样的面貌。

丁宝铨

苏慧廉一家是光绪三十三年（1907）7月抵达太原的。当时山西轰轰烈烈的保矿运动已接近尾声。挤在热烈的欢迎队伍里，苏慧廉初次见到了Great Man Ting（丁大人）。路熙在晚年回忆录《中国纪行》中记载了这一幕：

近年来大出风头的是丁大人。英国公司曾拥有一定年限的煤矿开采权，而丁大人争取向英国赎回山西煤矿。他从北京回来的时候，被当成了英雄。他进城的时候，城门内外人山人海。丁大人红光满面，眉开眼笑，看见我们，还向我们问好。

这位丁大人就是后来出任山西巡抚的丁宝铨。

1905年，山西爆发保矿运动，绅学各界代表联名禀请山西巡抚，要求批准创设“保晋矿务公司”，让自己人开采本省各种矿产。1907年春，保晋公司成立。8月，清政府电令时任山西按察使丁宝铨负责交涉赎矿事宜，1908年，终于迫使英国公司放弃开采权，在索取赔偿后退出了山西。丁宝铨由京返晋，代表历时三年轰轰烈烈的保矿运动宣告结束。

苏慧廉与丁宝铨就此相识。路熙在回忆录中，记载了她与丁宝铨夫人的友好交往：

丁大人在我家拜访的时候，苏慧廉让他来见我，丁大人没有拒绝。那些官员太太来看我的时候，也都很乐意看到苏慧廉。但我去她们家拜访，情况就不是这样。我去衙门拜访她们的时候，从来没有看到男士出现。看来所谓革新，只是外部，内在还没有变。为了回报丁大人和丁太太的友善，我们请丁太太共进晚餐，准备好好招待她。预订的时间是六点半。送走最后的客人，时间很紧，我赶紧穿上了礼服，几乎没有时间洗脸。丁太太和大批随从正好准时来了。

我知道她不是丁大人的原配夫人，原配夫人独自留在丁大人遥远的老家里，这位是二房太太。也许因为她生下一个好儿子，所以丁大人带她来山西，让她做山西省的第一夫人。

路熙还记录了丁大人曾为一件事向苏慧廉诉苦：

当时，山西省大量农民种植鸦片，声名狼藉，在朝廷的支持下，丁大人派人取缔鸦片种植，农民纷纷反抗。丁大人派一队人马震慑住他们，把鸦片连根除掉。一次农民坚决抵抗，拿农具对抗士兵。于是发生激烈冲突，死了十一个人。他对苏慧廉说："朝廷谴责我，其实我取缔鸦片种植也是按命令行事。"

就是这次冲突改变了丁宝铨的人生命运，同时也改变了山西后来的历史进程。山西近代史上把这次发生在交城、文水两地的民变称为"交文禁烟惨案"。

丁宝铨下令铲烟的背景是清廷于1906年发布严禁吸食鸦片的谕旨。作为巡抚，丁氏自然守土有责。但因种鸦片收益高，不少农民"下有对策"，并期望以聚众抗争的方式作为一种自保手段。对普通百姓而言，禁止鸦片、健民强国，只是一句必要时喊喊的口号而已。

丁宝铨下令禁烟，本是利国利民的好事，但他的错，在于手下开枪了。在现场下令开枪的人叫夏学津，新军混成旅管带，以治军严格而著称，也是丁宝铨在军界的干将。

交城、文水的枪声，在震惊三晋的同时，也给了正在伺机而动的山西同盟会会员“扫除革命主要障碍”的一个机会。同盟会会员王用宾任总编的太原《晋阳日报》，借机连续登载揭露丁宝铨、夏学津镇压民众造成流血惨案的报道。《晋阳日报》作为同盟会在山西进行宣传鼓动的重要阵地，自然熟稔宣传手法。在揭露暴行的同时，也迅速抓住丁宝铨的“生活作风”问题，称夏学津之妻美艳，时常出入抚署，两人关系暧昧。这则桃色新闻，让丁、夏立马身败名裂。

一时间，全国舆论哗然。与此同时，同盟会会员又专赴京城，特请御史胡思敬上疏弹劾丁宝铨禁烟措置失当。丁、夏虽知此事背后有革命党的策动，但终究压不住舆论的攻击和朝廷的追究，后来分别受到了撤职留任和撤职的处理。

民国成立后，大家才知道，这场“倒丁运动”的背后主谋是阎锡山，他以此挤走夏学津，顺理成章成为二标标统。革命党人从此把山西的军权控制到了自己手中。号称“能吏”的丁宝铨，仕途从此向下，宣统三年（1911）“病免”。

陆锺琦

丁宝铨是1911年6月18日被免去山西巡抚一职的。他离开抚署没多久，武昌城头就响起了枪声。

太原的光复是在1911年10月29日凌晨，以阎锡山为代表的新军一千余官兵在狄村军营誓师“北应”。拂晓时分，起义军赶到太原承恩门，已被同盟会争取的巡缉队同志打开城门，起义军趁着微露的曙光涌入太原。起义部队快速赶到巡抚衙门，用石条砸开大门，击毙守卫后，直接面对接替丁宝铨的新任巡抚陆锺琦。

陆锺琦，顺天宛平人，光绪十五年进士。做过溥仪父亲载沣的老师，有孝子之称。他7月11日刚由江苏布政使上调山西巡抚，履新还仅百天。

当时双方交火，陆锺琦与公子亮臣均死于乱枪之中。起义士兵后冲入内室，将陆锺琦的妻子唐氏和仆役万春杀害。陆锺琦十三岁的长孙陆鼎元也被刺伤。陆氏几遭灭门。

时任英国驻华公使朱迩典（John Newell Jordan）是年11月24日致英国外交大臣格雷（E.Grey）爵士的信函中，也提到陆锺琦之死：

> 当时革命党人前往巡抚陆锺琦的官邸，陆锺琦拒绝停止他对清朝的效忠，他还告诉那些攻击他的人，他宁死不降。因此，他被枪毙。有一位从太原府给我提供情报的人，后来察看了巡抚的尸体，发现他的胸部有两处弹伤。他的妻子和儿子遭遇同样的命运，后来他的官邸被焚毁。

杀了巡抚，太原起义宣告成功。当天上午，阎锡山在一片混乱之中被推举为都督，从此开始了他长达三十八年“山西王”的时代。这一天，农历九月初八，正是他二十九岁生日。

逃过一劫的丁宝铨，辛亥后以遗老身份隐居上海。但身处乱世，哪里又是安居之地？路熙记到：“关于他的最后一条消息让我们惊讶：光天化日，上海街头，他中弹倒地，凶手隐没在人群里逃走。”丁宝铨到底因何惨遭毒手，此乃民国悬案，至今众说纷纭。

宝棻

苏慧廉与丁宝铨认识时，丁还仅是按察使，当时的山西巡抚叫宝棻。宝棻，字湘石，蒙古正蓝旗人。据路熙记载，他们到太原后没几个月，宝棻即被任命为山西巡抚。不过，在路熙的笔下，这个满族大人被称为Great Man Lo（骆大人）。

路熙之女谢福芸在1924年于伦敦出版的《名门》一书中，用两个章节详细记录了这个家族辛亥后的惊险故事。民国元年，曹锟发动“北京兵变”，当时苏慧廉已回欧洲，还留在北京的路熙母女只能到英领馆避难。动乱后两天，在得到外出的许可后，她俩即雇了辆黄包车，迫不及待地奔赴老友骆大人的府邸。

> 骆太太告诉我们，骆大人仅在儿子的陪同下就到前院英勇地应付那群兵变士兵。他的儿子试图保护父亲，但是那些士兵粗暴地制服了他，并逼着骆大人跪了下来，用来复枪顶着他的脑袋，威胁说，如不说出金银藏在哪里，就会打爆他的头。辛亥革命前，中国人都还习惯将财产埋在家中的某个角落，所以骆大人也只能把埋藏银子的地方告诉他们。他坦白了两处地方，各有一百两，然后就沉默不语了。士兵就用枪托狠狠地揍骆大人，他的儿子看不下去，就哭喊着说自己知道他姊妹的藏宝地——就在砖砌的床或者叫“炕”的暖气通道里面。之后，士兵就冲进了屋里，到处戳来刺去翻找东西。

面对这样的状况，路熙问有什么可以帮忙的吗？

骆太太脱口而出：“那些暴徒可能还会回来，你们若能帮忙保管两个花瓶和两幅卷轴，我们就感激不尽了。这几件东西是大人的老朋友托付给我们的，那人去年被委任到了四川，在他从那些不安定的地区回来之前，希望我们能帮助保管。大人非常担忧这些东西的安全。”

谢福芸很感慨，骆家在危难之际，最放心不下的是朋友的东西。义重如山，在中国多年的路熙母女懂得“义”对于中国人的分量。

宝棻辛亥前是河南巡抚，他是1909年11月由山西调任江苏，次年又由江苏调任河南。宝棻1910年4月离开江苏时，接替其职者竟然是后来又接替丁宝铨出任山西巡抚并在任上丧生的陆锺琦。命运似乎要把这三个本不相干的人联在一起，并开个不小的玩笑。看他们在山西巡抚任上前赴后继的过程，颇像在玩一场“击鼓传花”的游戏。鼓声点点，戛然而止，鲜艳如血的红花落在不幸者手上。

（《作家文摘》总第1902期）

“苏州杀降”背后

·杨智友·

杀降

1864年1月19日下午，寒风嗖嗖。一只小船载着大清国海关总税务司赫德离开上海，穿越“这个条约口岸西面纵横交叉迷宫似的水道”，踏上了寻找戈登之旅。

尽管从未谋面，但赫德对这个领导着“常胜军”的英国皇家工程兵少校并不陌生。两人都是供职中国的英国臣民，在不同的岗位各自发光。那么，是什么原因驱使着新官上任的海关总税务司，“冒着冰冷的冬雨，坚持追踪那个静不下来的反复无常的统领”?

事情还得从一个多月前震惊中外的“苏州杀降事件”说起。

1863年11月，江苏巡抚李鸿章的淮军在戈登的常胜军配合下围攻苏州。戈登身先士卒，常胜军火炮犀利，苏州外围相继被克。守城的太平军纳王部云官丧失抵抗意志，试探向淮军投降。双方都认为戈登最讲信用，便通过他居间作保，戈登也信誓旦旦地向纳王亲口保证其生命安全。不料12月6日，即城陷两天后，纳王义子等人逃到戈登驻地，跪求庇护，哭诉父亲已人头落地！而近三万放下武器的太平军战士也遭到淮军官兵的屠戮。

李鸿章悍然违背戈登与纳王约定的投降条件，酿成惊天惨案，极大地刺激了戈登。盛怒之下，他收好了纳王头颅，拎着手枪到处寻找李鸿章决斗，以挽回自己的名誉。李抚台岂能让他寻到？戈登于是率领常胜军返回昆山大本营，宣布与之一刀两断。的确，李鸿章让他“既蒙耻又心伤”，戈登甚至威胁要将苏州城完璧归赵，还扬言要率部加入太平军，反过来攻打淮军。

凭着对这两人的了解，赫德知道，对于李鸿章来说，杀掉几个降将，根本就不算个事，而戈登则像爱惜自身羽毛一样爱惜信誉，把它看得比性命都重要。要想让他们重新修好，似乎是不可能完成的任务。但朝廷认定赫德就是斡旋其间的最佳人选。

寻获

赫德一路西行，来到戈登常驻的昆山，不想却扑了一个空。以美感著称的昆曲故乡，早已不再秀丽。

此时的戈登会藏身何处呢？赫德并非一无所获，他得知戈登负气回到昆山后，在城郊建起一座归云堂，祭奠被屠杀的近三万太平军将士，还出资雇请道士，大摆中国传统的水陆道场，以超度死难者的亡魂。

1月23日，赫德带着他的随从来到刚解放的城市——苏州，曾经的人间天堂，已是“许多尸体残骸，到处残垣颓壁”。不过，李抚台的新居忠王府却是“建筑讲究，而且整洁”。在这里，赫德见到了调解对象李鸿章。在两个小时的会面时间里，他向赫德“详细叙述诸王执行死刑的情况”，并希望赫德“尽力劝戈登去看他”，临别前，指出戈登最有可能出现的两个地点：木渎或洞庭山。

赫德天黑时抵达约西南20英里的木渎，知道戈登已于前一天过此，跨过一条通向湖州府的小河，碰到几只湖南炮船，他们说戈登不在洞庭山。

走走停停，寻寻觅觅，直到1月31日，也就是从上海出发后的第12天，两个疲惫的旅人下船步行约6英里，又绕回到昆山的城门下。在赫德的记忆里，这是“很长的一天”，幸运的是，持续多日的寻找总算有了回报。戈登下令放他们进城。

终于找到了！眼前的戈登年约三十，身材瘦小，有一对转动不停的非常蓝——浅蓝色的眼睛。未及赫德开口，戈登便告诉他，“你在这里险些又见不到我，我今天早晨就要到苏州去”。

说合

不速之客赫德的到来，让戈登既惊又喜。惊的是这个年纪相仿的同胞冒着生命危险和天寒地冻，一路寻来；喜的是这些日子以来的种种憋屈，终于有了倾吐的对象。

前些时“苏州杀降”事件持续发酵，赫德曾见过李鸿章。李鸿章坦陈，在痛下杀手之前，他也曾“踌躇三昼夜，不能决”。戈登的苦水尚未倒完，赫德心中便已经有了底。赫德告诉戈登，纳王部云官等人献城后，李鸿章便着手向朝廷起草《克复苏州折》，决定宽恕降将及其部下，当时并无杀降之意。但在正式受降仪式之前，诸王却提出了让李抚台断断不能接受的两个要求。

第一条："坚求立二十营，占阊、胥、盘、齐四门。"所谓"阊、胥、盘、齐四门"，实际上就是大半个苏州城。纳王要求有权管辖半个城市，并统率两万人马，只剩下东门一隅留给李鸿章。这个条件太苛刻，不要说李鸿章，就是清廷也绝无答应的可能！

第二条："奏保总兵、副将实职，指明何省何任。"清廷对降将的原则向来是先抚后察。他期望的是，诸王率众归顺后，通过奋勇作战立下功勋，再为其论功请赏。可诸王以为献城后即刻就能顶戴花翎，未免操之过急了。

当这些要求转给李抚台时，"鸿章大惊"。如何答复诸王，立即变成了"烫手山芋"。如果说有上、中、下三策的话，上策，就是答应诸王要求，皆大欢喜，似乎不太可能；中策，答应诸王部分条件，但太平军尚有两万兵力，一旦反目实难对付；下策，就是全部拒绝，后果不堪设想。

这确实让李鸿章踌躇难决，偏偏在此节骨眼上，一则"纳王一人发迹未除"的说法，彻彻底底地激怒了李鸿章！"受翎不剃发"，岂非预埋反骨？此时此刻，最安全的办法，莫过于将他们立即处死，来不得半点犹疑。遂于6日中午受降时，安排刀斧手埋伏于宴席周围，乘诸王不备，果断采取了斩首行动。

和解

赫德娓娓道来，充分说明了李鸿章"情有可原"，"处决并不是预先策划的背信行为"。但赫德处理危机实有其高明之处，他没有马上为李鸿章辩解，而是话锋一转："我不想对抚台的行为做出解释，或加以掩饰，而只是说，即使他行为失信，但是我认为这是他个人的行为，不应容许像他这样身居高位的人的行为，1.损害帝国的事业；2.阻挠英国政策的施行；3.让地方动乱拖延下去；4.鼓励叛军。”

纵然戈登有百般委屈，也不能不被这番上升到国家利益的说辞触动。戈登开始意识到，“在当时情况下，李鸿章下令，把在他控制下的藐视他的权威的太平军诸首领立即处决，那是不能按照司法观点来严厉责备的”。

赫德离开苏州前，曾极力劝说李鸿章，先行“偿付戈登要求给予伤员和那些看来日益宜予淘汰的人员全部钱款”。没想他前脚走，李鸿章很快便派人兑现，而这种“慷慨大度”直接促成了戈登准备“去苏州访谒李鸿章”。当晚11点，总算“释然解悟”的戈登在赫德陪同下，乘坐“海生”轮驶向姑苏城。有意思的是，当戈登第二天来到忠王府拜访李鸿章时，两人跟约好似的，闭口不谈任何与“杀降”有关的事。不管怎样，赫德这趟“不舒适的旅行”，为戈登和李鸿章“提供了两支部队再度公开联合的一种易行而又保全面子的方法”。大家一致同意赫德的调和方案——“戈登在中国新年过后便带部队作战，抚台（李）发表一项告示，由他本人承担处决诸王的责任，并表示戈登对此事一无所知”。

李鸿章没多久便在《北华捷报》上刊文，还向上海的英、法、美等国使团去函，解释苏州杀降的前因后果，强调杀降纯粹是中方决定，和戈登没有半点关系。

在赫德的一手撮合下，一场中西外交僵局冰雪消融。

李鸿章是晚清有识文臣，而戈登不过大英帝国的一名下层武将，对杀降之事的相悖看法，不由让人深思其背后的文明冲突。

（《作家文摘》总第1956期）

改良

洪宪帝制VS张勋复辟

·张 鸣·

提起张勋复辟，即使在当时，很多人都认为是一场闹剧。之所以是闹剧，其实在很大程度上是因为它没有闹成。事实上皇帝真的出来了，各地的军头们，还真的就响应了。挂龙旗的，比比皆是。群起响应的态势，之所以没有形成，关键是段祺瑞马厂誓师的迅捷。要不是段祺瑞横插一竿子，复辟还真就成燎原之火了。

复辟的理由，今天看荒谬，当年说起来却很正当。用沈曾植的话来说，有四大道理。其一，政局动荡，先是二次革命，然后洪宪帝制和反袁起义，再则府院之争。六年凡三次震荡。其二，国会胡闹。国会原本就是不良的国民党人主导，缺乏民意，开会则肆意妄为。其三，军阀割据。其四，生民涂炭，水深火热。横征暴敛，数倍于前。

共和的危机

民国，或者共和没搞好，的确是实情。客观地说，袁氏称帝及其失败，实际上是中国共和制度的一场危机。这个危机的苗头，从民国一开始就已经显现，袁世凯应付的方式，就是不断地向后转，挖掘传统资源。在形式上，越来越趋于专断和独裁，让总统向皇帝靠拢。在消灭国民党的武装反抗之后，废掉了国会，也随之废掉了政党政治，然后尊孔祭天，重新崇尚传统价值。宪法迟迟不能问世，但总统的职权却一日比一日重，到复辟前夕，袁世凯已经变成了终身总统，而且可以提名下一任总统，近乎一个皇帝了。通过这种方式，削减共和带来的问题，结果只能导向帝制，而这个帝制，虽然说依旧有宪政的框架，但事实上皇帝有了，国会却还没有影。当杨度、梁士诒们将一个洪宪皇帝抬出来的时候，共和的制度危机，以一种扭曲的方式达到了顶点。最后，在遍地烽火中，袁世凯只能尴尬地退了回去，但政局，已经不能复原了。袁世凯的死，才表面化地缓解了危机，让制度和政局，再次回到民元的原点。然而，回到原点的共和，问题依旧，人的毛病和制度的先天不足，一起发作，不久，就出现了无法调和的府院之争，共和的制度危机，再一次爆发。

显然，遗老和张勋，也许还有冯国璋，已经意识到了这个危机。在他们看来，这种危机，靠共和自身是无法排解的。唯一的出路，就是恢复帝制，原汁原味的帝制，回到清朝。

然而，他们只看到了袁氏称帝，是由于共和的危机，忘了就连袁世凯这样的具有雄才大略的枭雄都办不成的事情，才略比袁世凯低了不止一个档次的张勋，怎么可能办成？难道要靠清朝本身的余威吗？

张勋复辟最倚重的遗老沈曾植，虽然也说中国最适合的政体是君主立宪制，但什么叫作君主立宪，他却未必了了。此老被王国维佩服得一塌糊涂，说他“学盖淹贯天人”。但大抵精通者，无非中国旧学，而于西方现代社会科学，基本上连皮毛都没有。

正因为如此，复辟后的政体，含糊其辞，好像是君主立宪，又好像是戊戌变法时的政体，连回到辛亥时十九誓条时的境况，都没能做到。

国会一字不提也就罢了，但资政院的人大多还在，可以恢复吧，也一字不提。如果按照康有为设计的方案，变大清为中华帝国，开国会，实行君主立宪，废除跪拜之礼，利用清室昔日的余温，偷换帝制的格局，虽说也成功不了，但至少在观感上，让一部分上层人士看了还顺眼一点。然而，康有为被挂了起来，所有的政策，均出自沈曾植、刘廷琛和万绳栻之手。所作所为，完全按这些年遗老们的感觉来。而这些人的感觉，实际上并不十分靠谱。在他们平日的感觉中，这个国家除了革命党和少数西化派人士，都盼大清复归，如大旱之望云霓。所以，复辟之后的政权，一定要旧，才能得人心。政府旧，官职旧，连皇室也旧。同时，这些人，尤其是沈曾植，对光绪皇帝有很深的感情，对当日的戊戌维新，有着无限的遗憾，复辟帝制，一定要打光绪的招牌，隐隐约约，让戊戌变法重光。哪里知道，时至今日，这样的搞法，让复辟变成了白头宫女话玄宗，没有一丝一毫的新意，都是陈芝麻烂谷子了。退一万步说，即使单讲权谋机变，刘廷琛、胡嗣瑗这些人，也远远不及徐树铮和曾毓隽他们。隐居的日子过长了，好些事情都弄不明白了。

复辟失败，待在上海没有前去凑热闹的郑孝胥，一个劲儿地埋怨张勋无谋，谋士躁妄，“才智不足”。但即使他亲自操盘，估计也好不了多少。后来溥仪做满洲国的皇帝，他去了，还不是照样灰头土脸。

张勋复辟失败的必然性

洪宪帝制和张勋复辟，都是文人附庸强人做出来的。正如王锡彤所说，张勋跟袁世凯比，根本就不是一个档次的。袁世凯在清末民初，绝对是第一流的人物，即使是枭雄，也是一流的枭雄。见识、气度、雅量都超过当时人。张勋即使在喜欢他的人们中，也不过一个憨厚的财东，出手大方，仗义疏财，言而有信。在众军头里，不过一个莽夫，敢打敢冲敢玩命。军政两界，没有人真的当他是领袖。做了盟主，无非是机缘巧合，大家起哄。背后的谋主，沈曾植和杨度相比，前者也更像一个迂夫子。洪宪帝制，袁世凯做起来，走一步看一步，谨慎小心，如履薄冰。尽管这样，还是没有做成，不仅没有实现他加强权力的目的，反而葬送了自己。而张勋复辟，几乎是一哄而起，唱了一夜的戏，第二天，中国就帝制再现，而他，就成了这个国家的领袖了。真是“其胆则大，其识则浅”。

政治上一塌糊涂，听凭一群冬烘的遗老折腾。军事上没有布置，完全不考虑如果有人反对，怎样应付。亲自跑来参加复辟的实力派人物冯德麟，除了几个随从，没有带一兵一卒。升允吹出来的蒙古骑兵，也没有影子。为了过一把做北洋领袖的瘾，张勋居然做起了直隶总督兼北洋大臣，顺便就把最不该得罪的直隶军头曹锟给得罪了。等于活活在人家的地盘，抢了人家的帽子。论盟友，但凡有实力的主儿，都没有搞定。冯国璋的支持是虚的，段祺瑞连口头承诺都没有。徐世昌也是含含糊糊。陆荣廷的支持，更带有想象成分。讲人事，则尽用旧人，内阁班底，一干失意官僚而已。核心权力圈的几块料，没有一个明白人。说起来，张勋复辟，所有的底气和保障都来自徐州会议上军头的承诺，以及这一阵儿他们来往的函电。漫说这些承诺未必真的有，就算是有，有哪个政治家，敢凭借这些空头承诺就行动的呢？徐世昌说张勋鲁莽灭裂，真是一针见血。袁世凯的帝制都不能成，张勋能成事，简直没有天理了。说到底，张勋并不是北洋系的老大，连嫡系都不算。由他出面复辟，做了小朝廷的老大，没有人会真正服气。遗老之一的陈毅，说这些北洋将领最终没有响应复辟，是“志在争功”，其实不是一点道理都没有。一个小小的徐州王，忽然变成了中国的第一号，封功行赏，连官帽子都不肯多批发几个，每人升一级的虚名，都不肯满足，搁在谁身上，能心平气和呢？

（《作家文摘》总第1700期）

左宗棠为何看不起曾国藩

·张宏杰·

曾左初会

曾国藩与左宗棠的首次见面，是在咸丰二年（1852）十二月二十一日傍晚。

曾国藩回湖南本是为母亲办丧事。没想到恰逢太平军横扫两湖，皇帝命他出任帮办湖南团练大臣。曾国藩墨绖出山，这一天赶到长沙。

到了馆舍，换过衣服，匆匆洗了把脸，曾国藩就坐下来，与前来迎接的湖南巡抚张亮基及其幕友左宗棠展开长谈。

论身份，在座的三人中，左宗棠最为卑微。曾国藩是在籍侍郎，也就是前副部长。张亮基是一省之主。而左宗棠出身仅是一个小小的举人，身份不过巡抚的师爷。然而谈起话来，左宗棠却成了主角儿。他不等张亮基开口，就详细介绍起长沙的防务安排，指手画脚，滔滔不绝，一副大权在握、舍我其谁的神态。一声不吭的张亮基似乎倒成了他的跟班儿。曾国藩也只有俯耳静听的份儿，一时插不上话。

然而曾国藩却并不觉得不舒服。相反，他越听，越觉得这个左宗棠确实名不虚传。此次会面之前，左宗棠之名对曾国藩来说已经如雷贯耳，太多朋友向他介绍过这位“湖南诸葛亮”是如何卓绝特出。交谈之中，左宗棠之头脑清晰、气概慷慨、议论明达、言中款要，确实令曾国藩颇为叹服。他在致胡林翼的信中写道：

> （腊月）二十一日驰赴省垣，日与张石卿中丞（张亮基）、江岷樵（江忠源）、左季高（左宗棠）三君子感慨深谈，思欲负山驰河，拯吾乡枯瘠于万一。盖无日不共以振刷相勖。

其实，何止曾国藩一见倾心。在会见曾国藩之前，这个小小的乡下举人早已经名满湖湘，令好几位大人物“一见即惊”了。22年前的道光十年（1830），江苏布政使贺长龄丁忧回湘，见到当时年仅18岁的名不见经传的普通农村青年左宗棠，即为其才气所惊，“以国士相待”，与他盘旋多日，谈诗论文，还亲自在书架前爬上爬下，挑选自己的藏书借给他看。道光十七年（1837），回到老家的两江总督陶澍见到20多岁的举人左宗棠，“一见目为奇才”，“竟夕倾谈，相与订交而别”。不久又和他订下了儿女亲家。道光二十九年（1849），云贵总督林则徐回家途中，也因为闻听左的大名，特意邀左到湘江边一叙。林则徐“一见倾倒，诧为绝世奇才，宴谈达曙乃别”。

令这些阅人无数的官场大僚不约而同地倾倒如此，左宗棠的才华横溢可想而知。太平军起之际，湖南巡抚张亮基派人三顾茅庐，把他请出了山，通省要务，概以任之。虽然身份仅为一名师爷，却实际负担起全省军政要务，在湖南要风得风，要雨得雨，张亮基反倒成了一块牌位：制军于军谋一切，专委之我；又各州县公事票启，皆我一手批答。

曾国藩虽然是高居二品的京官，但想在地方上开辟一番事业，其实并不容易。因为他毕竟是在籍官员，而不是实任官员。现官不如现管，如果湖南地方官员不大力配合他，无职无权的他寸步难行。因此，对这个小小举人，曾国藩极为尊重，言必称兄。不论大小事情，无不虚心请教。他相信，有这位明敏强毅的师爷帮忙，他在湖南办理团练，一定会相当顺利。

曾国藩“才具稍欠开展”

然而，左宗棠对曾国藩的印象，却有一点复杂。

作为如今朝中官位最高、声誉最好的湖南籍官员，曾国藩早已为湖南通省士林所景仰。在见面以前，左宗棠也听许多朋友夸赞曾国藩学问如何精深，品格如何方正。一见面，左宗棠并没有失望。人言曾国藩“向无大僚尊贵之习”，此言确实不虚。二品大员曾国藩没有一点官架子。他看起来更像一介循循儒生，衣着简朴，神态谦逊，一脸书生之气。

而曾国藩言谈中所表现出的强烈担当意识，更让左宗棠刮目相看。晚清天下滔滔，官员们以敷衍塞责为能。在这种黑暗污浊的大背景下，曾国藩以清新方正之姿进入左宗棠的视野，如同鲍鱼之肆中吹入一股清风，不能不令左宗棠意外而且欣喜。因为曾氏的“正派”，“肯任事”，他大有相见恨晚之感。

左宗棠在给朋友的信中谈到对曾国藩的第一印象说：曾涤生侍郎来此帮办团防。其人正派而肯任事，但才具稍欠开展。与仆甚相得，惜其来之迟也。

这个第一印象应该说是相当不错的。但是我们要注意其中的这样一句话：“才具稍欠开展。”初次接谈，左宗棠就得出了曾氏才略平平的结论。这句评价奠定他对曾国藩一生轻视态度的基础。

在别人眼里雄才大略的曾国藩，何以在左宗棠眼里却“才具稍欠开展”呢？

曾国藩确实不是那种让人“一见即惊”的人。乍一接触，你不但会觉得他并无什么出众之处，甚至还会认为他有点笨头笨脑。许多人一见到曾国藩，都觉得有点失望。方宗诚见到晚年的曾国藩，觉得他不像一位总督和将领，而像一位土里土气的乡村老教师：“宽大和平，不自矜伐，望之如一老教师耳。”而后来英国人戈登见到曾国藩时，也大感失望：“曾国藩却是中等个子，身材肥胖，脸上皱纹密布，脸色阴沉，目光迟钝，举止行动表现出优柔寡断的样子——这与他过去的历史是不相符合的；他的穿着陈旧，衣服打皱，上面还有斑斑的油迹。”

如果测智商的话，曾国藩肯定不如左宗棠。曾国藩前后足足考了七次，23岁才中了个秀才，而且还是全县倒数第二名。梁启超说：“文正固非有超群绝伦之天才，在并时诸贤杰中称最钝拙。”曾国藩自己也说：“余性鲁钝，他人目下二三行，余或疾读不能终一行。他人顷刻立办者，余或沉吟数时不能了。”身上没有一点“天才范儿”。

另外，曾国藩是典型的粘液质性格，这种人的特点是反应缓慢，行动拘执，谨慎内向，凡事只肯说三分话。他观察思考得比一般人细，下判断也比一般人要慢。周腾虎曾经说曾国藩“儒缓不及事”。他的学生李鸿章也当面指出他病在“儒缓”：“少荃论余之短处，总是儒缓。”他对周李二人的判断是首肯的，说“余亦深以舒缓自愧”，“驽缓多病，百无一成”。这种性格特点更加重了他的“笨拙”，使他眼中乏精悍之气，面上无果决之容。在左宗棠滔滔不绝指划天下之时，他只是默默倾听，认真思考，并没有在第一时间贡献出什么高明的见解。因此左宗棠才得出了“才具稍欠开展”的第一印象。

书信误会

左宗棠的性格和曾国藩可谓截然相反。他是典型的多血质，这种人的优点是反应迅速，做事果断，尤其善于在纷纭复杂的局面中迅速发现机会，定下策略。缺点则是过分自信或者说自大，性情过于张扬外露。左师爷的傲慢，和他的才气一样有名，甚至比他的才气更为有名。在巡抚面前，他以救星自居，面对曾国藩，他更毫不客气。一般来说，多血质人格者和那种做事缓慢、反应迟钝、过于谨慎的同事通常很难合得来。而曾国藩恰恰是这种人。再加上刚刚出山办事之时，曾国藩远非后来的“老奸巨猾”，而是一个“官场愣头青”，在一些具体问题的处理上，书生气重，拘执生硬，令左宗棠看着着急，忍不住经常加以“指导”。好在曾国藩和张亮基一样好脾气，对左宗棠俯首听命，从善如流。因此才造成了这段难得的“同心若金”。

可惜的是，这段蜜月为期过短。咸丰三年（1853），张亮基调任署理湖北总督，左宗棠也随之北上武汉。这两个人一走，曾国藩在湖南马上就寸步难行，处处碰壁。那些湖南官员早就痛恨曾氏越位侵权，此时团结起来，处处给曾国藩小鞋穿。曾国藩一怒之下出走衡阳，想脱离湖南官场，独力创建湘军。这个想法看起来解气痛快，实际操作却困难重重。刚刚来到衡阳，曾国藩势单力孤，形只影单，要钱没钱，要人没人，处境十分困难。恰在此时，张亮基调离湖北，左宗棠也归乡隐居。曾国藩闻讯大喜，立刻写信请他来帮助自己。

在长沙数月，曾国藩自觉与左宗棠惺惺相惜，已经建立起了深厚的战斗友谊。他认为，在庸官遍地的湖南官场，只有左宗棠和他是以天下为己任的英雄。别人不理解他为什么自讨苦吃自练军队，左宗棠一定能理解。别人不支持他“赤地立新”，左宗棠一定会出来支持他。

因为深知左氏的性骄气傲，所以他给左宗棠的这封邀请信写得异常客气：

> 弟智虑短浅，独立难拄，欲乞左右野服黄冠，翩然过我，专讲练勇一事，此外，概不关白于先生之前。先生欲聋两耳，任先生自聋也，吾不得而治之也，先生欲盲两目，任先生自盲焉，吾不得而凿之也。

意思是说，我请您做一个高级顾问，不敢让您承担那些琐碎的俗务，只要居傍指点指点我就可以了。

令曾国藩万万想不到的是，左宗棠回给曾国藩一封极为冷淡的信，明确拒绝，“文字似敬实疏，态度似谦实傲，与曾国藩之火热心肠、尊奉情怀，形成了鲜明的对照”。

不仅如此，左宗棠在给朋友的信中谈到此事时还语含讥讽：

涤公正人，其将略未知何如。弟以刚拙之性，疏浅之识，万无以赞高深。前书代致拳拳，有感而已。

很显然，左宗棠不愿做曾国藩的助手，主要原因是对曾国藩的“将略”评价颇低。在长沙期间的短暂合作，并没有扭转他对曾国藩才能的评价。况且当时曾氏以在籍侍郎练兵，非官非绅，地位尴尬，没权没钱，左宗棠不认为他是能大有作为的靠山。

收到了左氏的回信，曾国藩才发现自己原来在左宗棠心目中原来如此无足轻重。这令他深觉伤心。

左宗棠的科举情结

在曾左关系中，还有一个极为重要的心理因素我们不能不提，那就是左宗棠的科举情结。

左宗棠幼有神童之誉，读书一目十行，举一反三。他那颇有眼光的母亲在他很小的时候就说，他的两个哥哥将来只能做教书先生，他却有万里封侯的希望。

左宗棠自我期许亦极高，他终生最崇拜的人是诸葛亮，与朋友通信，动辄自署“今亮”（当今诸葛亮）、“老亮”。还在学生时期，他就“好大言，每成一艺，辄先自诧”。每写完一篇文章，都要先自己惊诧一番：怎么写得这么好啊！难道真的是我写的吗？成年之后，他更是恃才傲物，爱吹牛，爱自夸，“喜为壮语惊众”。平平常常的吹捧他听来根本不过瘾，最喜欢听过头的吹捧，把他比作神仙圣人他听起也不刺耳。曾国藩对此看得很清楚，晚年他曾对幕僚赵烈文说："左季高喜出格恭维。凡人能屈体已甚者，多蒙不次之赏。此中素叵测而又善受人欺如此。"

自视如此之高，现实却不给他面子。左宗棠一生有一个触不得的痛点，那就是科举。他中举之后，本以为取进士如探囊取物。不想一个举人却成为他功名的顶点。在这之后，六年之间三次会试，都名落孙山。这对本来一帆风顺的他是一个极大打击，一怒之下，他当众发誓此生再不应考。

然而在传统时代，像左宗棠这样不中进士，又不肯走捐官之类的歪门邪道的人，基本上就宣告了与官场绝缘，也实际上就等于断送了他的"孔明再世"之梦。腹中再多韬略诗书，也没有任何用处。因为家贫，他早年入赘到妻子家中，这在传统时代，对一个男人来说是极为尴尬的事。他本来以为自己能早早科名发达，摆脱这一屈辱的身份，不料天不遂人愿，这种倒插门生活一连过了许多年。"自命不凡""口多大言"却伴着"赘婿身份""连年落第"，左宗棠的性格因此集极度自卑与极度自尊于一体。

因此，对于那些高中科甲、飞黄腾达之人，左宗棠下意识中一直有一股莫名的敌意。在他后来的家书中，经常能看到他对科名中人的讥评之语，比如"人生精力有限，尽用之科名之学，一旦大事当前，心神耗尽，胆气薄弱，……八股做得愈入格，人材愈见得庸下"，换句话说，在他看来，科举越成功的人，能力往往就越差。而曾国藩似乎天生就是左宗棠的反衬。曾左二人身上有太多相似之处：他们年龄只差一岁，一个四十一，一个四十。又同为湖南人，一为湘乡，一为湘阴。家境也相当，都出身小地主家庭。只因科举运气不同，如今命运迥异。曾国藩中举之后，科举路上极为顺利，中进士，点翰林，在翰林院中仅凭写写文章，弄弄笔头，十年中间，七次升迁，到太平军起之时，这两个人，一个是朝中的副部级侍郎，一个却是白衣的举人，身份相悬，如同天地。左宗棠自认为是国中无二的人才，比曾国藩高明百倍，却进身无门，只好靠当师爷来过过权力瘾。而曾国藩虽然才智平平，仅仅因为科名运气好，办什么事都能直通九重。曾国藩的存在，简直就是上天用来衬托左宗棠命运的坎坷。所以左宗棠看待曾国藩，下意识中有一种莫名的反感。他一直戴着有色眼镜，千方百计放大曾国藩身上的缺点和毛病，来验证自己的“上天不公论”和“科举无用论”，为自己寻找一个心理平衡。想让他左宗棠来做曾国藩的幕僚，这实在有点难。

（“作家文摘”微信公众号2017年4月20日）

暮年左宗棠

·[美]贝尔斯·

当1880年的夏季将要过去，俄国人很明显地愿意重开关于伊犁的谈判，并且已经有了和解的想法。这使中国政府有了足够的把握，因为他们也愿意让步。左宗棠奉命结束他在西部的公务前往北京。上谕发出的日期是1880年8月11日，它说朝廷面临的问题十分严重，并且影响深远，因此皇帝需要对于战争和行政实践经验最丰富的人来做军机大臣。

左宗棠于1880年12月22日抵达兰州，休整几天后，他于1881年1月3日继续旅程。总督左侯爷要离开他大建功业之地的消息迅速地传遍了甘肃。按照中国人的算法，他已经进入生命的第七十个年头，可以肯定，这位大总督离开甘肃会一去不返了。他离开兰州的那一天，所有商铺歇业，全城人都出来告别，一百多里路上排列着百姓，当他经过时向他磕头。在沿途的每个镇子和每座城市，居民们都跑出来迎接这个给大西北带来和平、秩序与繁荣的人。

左宗棠于2月24日抵达北京，大约与此同时，他接到了与俄国签订最终条约的消息：中国人收回了新疆的最后一角。新疆于1884

年建省，由左宗棠所完善的行政体制直到革命成功、推翻清朝统治之后仍然存在。在新疆的一些地区，现在仍然有效。

当左宗棠抵达北京时，他发现自己置身于一个很不适合他那率直脾性的世界。还没进城，他就遇见了腐化堕落的实例：所有任期结束奉召进京的高官，都要在城门口交纳一笔银子。那些刚从油水特厚的位置上退下来的官员，有时要交纳10万两之多。左宗棠来到京城门口，门房要他交纳4万两，被他拒绝了。他说，皇帝召他进京，他就来了，如果进入国都面见皇上要交钱，那就应该由朝廷埋单。至于他，一个铜板也不会掏。他在城门外等了5天，直到事情有了转机，但他未掏腰包。

进入京城的第二天，皇太后宣他召对。那天慈禧太后身体不适，召对由慈安主持。见到慈安后，左宗棠生平第一次失去了镇定，他哭了。

慈安皇太后是一个具有罕见魅力的女人，生就一副软心肠。她对左宗棠及其历经的千辛万苦表现出深切的关怀，致使左宗棠的防线彻底崩溃。

皇太后看到了他的泪水，柔声问他为何如此。左宗棠说，眼睛本来不好，一路上被风沙刺激。皇太后又问他如何保护双眼，他说平时都戴墨镜。慈安叫他戴上。召对时戴眼镜有失于恭敬，左宗棠不肯，慈安执意叫他戴上。左宗棠从口袋里掏出眼镜，哆哆嗦嗦，眼镜掉到地上摔破了。慈安叫太监取来咸丰皇帝用过的墨镜，交给左宗棠。他戴着皇帝的眼镜走出召对的宫殿，这件礼物立刻令他深陷于谦卑。

左宗棠被任命为皇帝的军机大臣，掌管兵部，在总理衙门行走。按照惯例，升任高级京官的任命书由太监宣读，而接受任命者应该给太监一个大红包。当左宗棠听宣任命时，他给了太监100两银子。太监的表情非常惊讶，左宗棠想：莫非我的慷慨把他吓着了？于是又给了他50两。接着太监开始问起咸丰的那副眼镜。左宗棠根本没听出他的言外之意，说了些无关紧要的闲话，就此作罢。

慈安皇太后在首次召见他以后，没过几天就去世了。她的谢世是一个非常意外的事件，普遍的看法是，她死于伙伴慈禧皇太后之手，后者是个无情而专制的女人。慈禧病重，是众所周知的事情，有人怀疑她会一病不起。当宫内宣布皇太后驾崩时，京城中人一开始都以为死的是慈禧。当大家得知死去的人是慈安时，无不感到诧异。左宗棠在慈安死后的当晚进宫，当他听到这个消息时，立刻嚷道："我今天还见到太后上朝，说话和平时一样清朗。太后去世肯定不正常!"

他怒气冲冲地在庭院里来回顿足，无所顾忌地发表意见。恭亲王费了很大力气才让他安静下来，可是早有太监将他的话报告了慈禧。如果说慈禧曾经对左宗棠有过偏爱，此后就不会如此了。没过几个月，左宗棠就被派到了地方上。

慈安皇太后一直处在她的伙伴慈禧的阴影之下，一般只是被附带地提及。作为一个脾气温和、不偏不倚的女人，她总是远离复杂的宫廷政治。但是她的影响力超过了她的声望，并非没有可能。她与慈禧在咸丰死后联手统治帝国，几乎从1861年一直持续到1881年。

乾隆死后，清朝最重大的胜利发生在慈安和慈禧联手执政的20年内，在国际关系方面，这个国家几乎遭受了所有的屈辱。只有一个人对慈安做过高度的评价，这个人就是波尔格。他在1893年写道："中国近期历史上所取得的胜利，大部分要归功于她的坚定果决。”

1881年10月，左宗棠被任命为两江总督，这个职位在所有的总督当中有许多方面是最令人垂涎的。可是左宗棠没有寻求职位。他老了，虚弱多病，他想退休回老家，在那里平静地度过晚年。然而他的威望太高，为了尽责，他不得不坚持到底。

在上任之前，他回了一趟湖南的老家。短暂停留之后，他继续前往南京，于1882年2月10日抵达。上一年长江下游地区发生了洪灾，现在百姓仍然很苦。左宗棠立即在淮河启动大规模的水利建设。他巡视了受灾地区，然后继续向下游走到长江口，视察河上的防御措施。视察途中，他到了上海，受到了外国移民的盛大欢迎，他们鸣炮13响向他致敬。

到1882年底，左宗棠已经非常疲惫。身体出了不少毛病，加上左眼完全失明，右眼也不好使了，他请求引退，理由是他无力妥善处理繁重的公务。他说，他的记忆力衰退了，往往刚读完一份信函或文件，马上就忘了内容。他被赏假3个月，可以不去衙门，但必须留在南京。1883年秋季，他应召去处理山东南部将要发生的暴动。镇压暴动是他的特长，他很快就控制了局面。1884年1月，他已衰弱到无法站立，但他仍然亲自视察辖区内的整个运河段。

中法关系因为安南问题而变得紧张，北京和各省衙门都在大谈战争。针对边境防御问题，左宗棠在一份奏章中对所有事务做了简明的总结，他再次请求解职回家。朝廷赏假4个月，但假未休完，又奉命进京。他于1884年6月13日抵达京城，受命负责全国的所有军事。

尽管没有宣战，法国的敌对活动正大大加紧。他们袭击福建海岸，封锁了台湾。孤拔指挥的舰队在和平伪装下通过了闽江口的炮台，在福州下锚，于1884年8月23日向中国人开火，摧毁了江上的战船和马尾船厂，攻占了后方的炮台，并将之捣毁。朝廷现在指望着左宗棠，不顾他年迈多病，任命他为福建的钦差大臣。如果他年轻10岁，他指定会让法国人付出沉重的代价，可是在他生命的沙漏里，沙粒已经快漏光了。

左宗棠于1884年9月15日离开北京，于12月14日抵达福州。只差一天，就是他20年前第一次进入福建追歼最后一批太平军的日子。左宗棠离京以后，主和派占了上风，他在与法国的这场战争中不可能有很大的作为。他的天性中没有屈服，他宁愿抓住硬战的机会，也不愿不战而放弃。法国对台湾施加极大的压力，左宗棠冲破封锁，成功地派出大批部队增援岛上的中国军队。中法和谈在春季恢复，李鸿章于6月份签署了条约。

条约签订之后，左宗棠奉命返回京城。根据他在最后这几年频繁调动的情况，可以大胆地推测，慈禧没有忘记他对慈安猝死一事所爆发的怒火。他请求朝廷批准他在返京途中回家探亲。请求得到了批准，但他未能起程。1885年9月5日，左宗棠在福州去世。

（《作家文摘》总第1638期）

曾国藩为何不能辞官还乡

·眭达明·

不能退出官场

同治六年（1867）九月十日晚上，曾国藩与他的心腹幕僚和心爱弟子赵烈文进行过一次长达数小时的密谈。当时曾国藩心情非常不好，决意退出官场，赵烈文却反复劝慰曾国藩不能息肩，并建议他把妻子儿女兄弟都接出来。曾国藩最后完全听进了赵烈文的意见。赵烈文《能静居日记》记录这次谈话内容长达三千字：

> 师进退大计，所关非浅，烈屡欲言而未言，今不得不为师一尽其说。……湘、淮诸军之各有门户，师所知也。杨厚庵统水师名动江表，一改陆师而号令不行，迁地弗良，其效尚如此，况百万之众，贵则茅土，富则陶、猗，皆一人之所提携，现虽散处，其中豪强节概之士，不可偻指而数，一旦取而代之，其可得乎？三年冬，师奉命离

任，督剿皖、楚，旨甫下而人间已有扼腕不平，愤愤欲起者。况师谢事而去，易一新督，自颈以下不与头接，是大乱之道也。两楚三江伏戎数千里，所惮一人耳。师今日去任，明日必呼啸而起。师至时而欲悔，上负君父，下负黎庶，不已晚乎？

曾国藩听后立即表示：“足下言切如此，能无动心！”此后，曾国藩不仅打消了退出官场的想法，而且下决心把家人接到了金陵。

在编练湘军时，曾国藩为了使其成为由他个人控制、指挥的军队，不仅大肆制造舆论，说他创办的湘军是不同于“官勇”的“义师”，并且在军制上精心设计，巧为谋划。为此，他着重在两个方面做了努力：一是加强各级军官权力，下级绝对服从上级，士兵绝对服从军官，全军绝对服从他曾国藩本人；二是坚持募勇的地域和私人情谊至上原则。

曾国藩还认为，一军之中若有两地士兵，必然造成地区间的不和，因而干脆只在湖南一地招募兵员，其中又主要在长沙和宝庆二府招募，尤以湘乡县最多。这样，士兵由私人关系转相招引，军官则凭个人好恶选用下属，官与官之间也靠同乡、同事、师生、朋友等私人感情相维系，这就形成了地域和私情至上的原则。于是在湘军将帅心目中，堂堂朝廷任命，远不如他们内部的一纸私函。

另外，湘军的军饷自筹，也导致了湘军官兵与朝廷和国家不断离心离德。湘军从成立起，所有钱粮几乎全部自筹，事后逐年向清政府清单上奏。清政府要湘军自行筹饷的最初动机，当然是为了转移财政困难，临机解决军队供饷问题，结果却导致军心的转移。俗话说“吃谁的饭干谁的活”，当他们的工资是从长官那里领取，他们感恩图报的对象，就只能是湘军的各级统兵长官和曾国藩大帅，而不是国家和皇帝了。

由于以上原因，湘军中便形成这样一种牢不可破的风气：除非招募、任用过自己的军官，其他人无论官职多大，地位多高，与自己都没有多大关系，对于他们的命令，皆可拒不从命。所以不仅湘军以外的官员无法领导这支军队，即使湘军内部也必须函商妥当、层层下令。湘军各军则非曾国藩统辖不可。这样的军队，曾国藩之外谁能指挥得了？

清政府的猜忌

曾国藩既然不能功成身退，颐养天年，那就只能继续为清政府卖命。清政府偏偏对他疑忌很深，不放心他在两江总督位置上久待，于是一会儿将他调到这里，一会儿将他调到那儿，表面上好像是借重其名望和地位，让他担当大任，实际上是对他的污辱和折磨。

清政府之所以不让曾国藩久任两江总督，是因为两江总督的政治地位虽在疆臣之首直隶总督之下，手中的实权却远超其上，这不仅因为江苏（包括上海）、江西、安徽两江三省是国家的富庶之区和财源要地，而且进入近代以来，两江总督还兼管两淮盐政且例兼南洋通商大臣一职，掌握很大的对外交涉权，和外国通商的税收也由其掌管。咸丰十年（1860）清政府将两江总督一职授予曾国藩，完全是出于无奈，只不过想借湘军之力将太平天国镇压下去。现在目的已经达到，而这些年来曾国藩在两江地区建立了非常发达的权力支配网，他在江南的势力实在太大，清政府无论从政权安全的角度考虑，还是从操纵国家经济命脉的角度着想，都不会让曾国藩长久在这里任职，于是一有机会就动他的心思，非将他赶出老巢不可。

不能回乡居住

晚年曾国藩不仅无法退出官场，而且不能回乡居住，原因就是他日记中写的“湖南必非安静之土”。他无时不担心湖南会发生大动乱，一旦回去将面临灭顶之灾。这也是曾国藩最终打消退出官场想法，下决心把家人接来金陵的另一大原因。

早在咸丰末年，湖南就基本结束了战事，如今太平天国已经彻底失败，捻军只在长江以北活动，江南的社会秩序正在全面恢复之中，这个时候的湖南反倒成了谈虎色变之地，究竟出了什么状况？这就不能不说到哥老会与湘军的关系。哥老会是兴起于道光、咸丰年间的一个会党组织，别称哥弟会，在四川则称“袍哥”，江南一带又称“洪帮”。

湘军创立之初，选拔营官、招募兵勇多在湖南一地进行，而且所招一营一般均为同县之人，以便在组织上进行管理和控制。哥老会势力要打入初创时期的湘军，是有困难的。随着湘军的出省作战和战事的不断扩大，每年要补充大量新兵，湖南的兵源却日趋枯竭，湘军的募勇成法于是渐渐受到冲击和破坏。到了后来，湘军兵勇不仅不全是湖南人，连一些高级将领也不是湘籍人士。越到湘军后期，哥老会在湘军中的势力就越大。

太平天国失败后，曾国藩急于裁撤和遣散湘军，既是自剪羽翼的需要，也是为了顺应大部分湘军官兵返乡思归和厌战的心理。另外一个不容忽视的因素是：曾国藩急于裁遣湘军，还与解决湘军中的哥老会问题有很大关系。他十分害怕哥老会的活动导致湘军哗变。但这种不幸事件后来还是不断发生，可见曾国藩的担心确实不是多余。

由于湘军长期大量欠饷，曾国藩根本无法筹足积年欠饷发给被裁遣的湘军官兵。这些人当初提着脑袋出来当兵，就是为了拿饷吃粮，解决生计问题，现在要“退伍”回家，却不能领到应得工资，内心自然充满不满和愤怒情绪。在哥老会组织的联络和鼓动下，被裁遣和将要被裁遣的湘军于是掀起了大规模的索饷斗争。这一斗争不仅波及面广、持续时间长，而且导致不少湘军集体哗变。

湘军的索饷哗变，不仅壮大了哥老会在湘军中的声势，促进了哥老会势力的进一步扩张，而且由于哗变后的湘军大批加入太平军余部和捻军，反过来又壮大了太平军和捻军的力量而给湘、淮军以沉重打击。

那些好不容易被连哄带骗遣送回湖南原籍的湘军官兵，后来也出现了新问题。

这些人回到湖南后，其中固然有不少发了战争灾难财的人成了新贵，但更多被裁遣的湘军官兵既找不到新的就业门路，又无其他谋生手段，从军营里带回来的那点钱财于是很快坐吃山空，迅速沦为赤贫。他们整日游手好闲，或成群结队四处游荡拉帮结派，或偷鸡摸狗惹是生非滋事闹事，给当地社会秩序造成了不少麻烦和冲击。

那些带着巨额钱财回到家乡的新贵，则纷纷买田建屋、纳妾娶小，过着骄奢淫逸的生活，致使湖南物价腾涨，贫民大量失去土地，这对身无长技、已被陷入悲苦困顿境地的被裁遣湘军官兵和当地贫苦百姓来说，无异于雪上加霜。被裁遣的湘军官兵越来越感觉到自己被愚弄被抛弃了，于是主动托身于哥老会以寻求温暖和保护。面对哥老会在湖南的不断扩展与蔓延，湘籍官僚和富裕阶层无不惴惴不安，左宗棠、郭嵩焘、曾国藩、刘蓉、王闿运等人都担心湖南要出大事。刘蓉甚至预言说：“湖南之必乱，要不出三数年之间，不待智者而知矣。”

要躲避哥老会打击，只有“全数避乱远出”，逃离曾家世居的湘乡一条路可走了。

（《作家文摘》总第1812期）

大清的江南船梦

·秘 薇　徐 恒·

赎罪银子做了买厂钱

同治四年（1865）暮春，已升任苏松太道近一年的丁日昌颇有些寝食不安，一桩棘手的公事，正沉沉地压在他的心头。

3年前，署理江苏巡抚李鸿章，率领一帮旗帜不整、穿着破烂的士兵，乘坐上海县士绅凑钱租来的7艘外国运兵船，冒险穿越太平军把守的江防，抵达上海。这支临时组建才三个月的淮军，靠着3000支从香港买来的洋枪，与太平军在上海打了几场硬仗，愣是把亢奋神勇的太平军生生击退了。之后，李鸿章立即被实授江苏巡抚，率军对抗卷土重来的10万太平军。好在有清廷雇佣的“常胜军”和洋枪洋炮的帮衬，李巡抚的淮军最终把太平军逼出了上海。

经上海一役，李鸿章认识到了“炮火绝妙精厉”的西洋枪炮的厉害，开始着手打造自己的兵工厂。1863年春，他先是在上海松江一所古庙里，建立起一个只有榔头、锉刀、泥炉和50名工人的上海洋炮局。是年底，与清政府解约的英国阿思本舰队途经上海，李鸿章看准机会，派人与阿思本暗中做了交易，用不到5000两白银买下了英国舰队“水上兵工厂”的机器设备，并将这些机器悄悄运到了苏州，之后把上海洋炮局的人马也调到了苏州，建起了苏州枪炮局。苏州枪炮局用上了英国的工作母机，扩招了300多名工人，由丁日昌以及韩殿甲、马格里各主持一个车间，生产出了开花炮弹、自来火枪、田鸡炮等武器。有了这些像模像样的西式枪炮武装，淮军声威大壮，在战场上节节得胜。

1864年初夏，湘楚军会攻天京，太平天国覆亡在即。一直站在时局巨变潮头的李鸿章已下定决心，筹办江南制造总局。而被李鸿章慧眼选中、主持筹办诸事的人，正是当年从广东急调过来的“学识深醇，留心西人秘巧”的丁日昌。

丁日昌先是奉命在上海访购各种“制造机器之器”。在已经开埠二十年、万国货物流通无碍的上海，此事尚属容易。经丁日昌努力，已设法采买到不少。但若要开厂，还必得购置土地厂房，此事便不是说成就能成的了。不过，机会很快在1865年降临。当时沪上的船舶修造业竞争极其激烈，颇具规模的美商旗记铁厂眼见市场趋于饱和、银子越来越难赚，有意退出上海市场。旗记的土地厂房都是现成的，若能将之盘下，则“江南制造总局”指日可成矣。可在无一点资金的情况下，面对美商狮子大开口的10万两收购费用，丁日昌陷入了困境。

但很快事情就有了转机，海关通事唐国华，扦子张灿、秦吉等因贪污被革职羁押。在肥差上捞够了油水的几人，此时满脑子都是“破财消灾”。唐国华游历外国多年，于洋匠事务也算熟悉，并擅与西人打交道。赎罪心切的他，与同案几人凑足了4万两银子，预备买下旗记铁厂献给朝廷，以免牢狱之苦。成大事者，不拘小节，更何况这种交易在大清国早已见惯不惊。丁日昌立即下令释放了几人，拿下了厂房设备。该厂另有铜、铁、木材等剩余材料，由江海关道筹款白银二万两收购。

万事俱备。1865年9月，两江总督李鸿章正式上报朝廷，奏请成立江南机器制造总局。在奏折中，李鸿章写道："该厂一经收买即改为江南制造总局，正名办物，以绝洋人觊觎。"随后，苏州枪炮局由丁日昌、韩殿甲主持的部门和曾国藩委托容闳在美国纽约向朴得南公司所购买的100余台机器，也全部并入江南制造总局。自此，寄托了几代中国人强国梦并创造了中国工业史上无数个第一的大型近代企业，走上了历史舞台。

大清"江南"船梦的沉浮

成立之初的江南制造总局地处虹口租界内，周围的洋人对这个定时炸弹似的兵工厂极为抵触，华洋之间的矛盾不时爆发。且处于闹市区的工厂，发展空间自然非常有限，因此李鸿章等人早有"择地移局"之意。百般挑选之下，上海城南高昌庙濒临黄浦江的地方，成了迁厂的首选地点。在保存至今的江南制造总局档案中，相当一部分是当时购地、动迁、恩恤（安置动迁居民）的往来文书，足见迁厂一事头绪之多、工作之繁。

1867年，江南制造总局正式搬迁至高昌庙，成立了轮船厂。对长久以来为西洋坚船利炮所苦而又颇思振作的曾国藩等官员来说，"造船"被赋予了重振大清国运的期望。在他们的支持下，1868年8月，江南制造局造第一艘木壳轮船下水试航，轰动了上海滩。曾国藩亲自登船，并为之命名为“恬吉”。此后的十余年间，江南制造局共造军舰8艘，最大的海安、驭远两舰，长300尺，宽42尺，马力1800匹，受重2800吨。李鸿章曾骄傲地说：“（两轮）在国外为二等，在内地为巨擘。”

惜乎，此时的大清国运衰微，这批凝聚着无数精英心血的舰船，几乎无一善终者。

1884年，中法战争爆发，“驭远”等五舰奉命增援被法舰队封锁的台湾。孰料，法人大大地狡猾，竟然中途截击。一番遭遇战后，三艘清舰逃脱，“驭远”“澄庆”二舰由于个头大、跑不快，只得避入附近的石浦港。法舰不识航道，不敢入内港，便封锁港门，派鱼雷艇潜入石浦港偷袭。“驭远”受到攻击后立即还击，两艘鱼雷艇被击伤，困在浅滩动弹不得。但令人意外的是，次日天明，欲图救援鱼雷艇又忌惮“驭远”火力的法舰，却意外发现“驭远”“澄庆”二舰已自沉在港中，船上官兵全部不知所踪。法舰队没有“硬碰硬”就捡了个大便宜，自然狂喜而还。

二舰沉没之谜，说法不一，近年来根据史料的挖掘和学者的分析，倾向于认为当时两舰管带害怕再遭法舰攻击，下令将船凿沉，之后上报谎称被法军鱼雷艇击沉。可叹，号为“巨擘”的“驭远”，竟是“死”了个不明不白。

另一艘“操江号”的命运，更令人唏嘘。1894年7月25日清晨，满载军械的“操江号”护卫着运送清军的英舰“高升号”路过朝鲜半岛海面，远远看到海面冒着滚滚黑烟。不一会儿，只见挂着龙旗的“济远”舰急速驶来，身后尾随着日军“吉野”“浪速”二舰。“济远”在奔逃中与“操江号”用旗语沟通，告知被袭击的信息。“操江号”大约自知不是对手，立刻调转航向加速逃跑。这时，

“吉野”抛下“济远”，随“操江号”而来，并以密集炮火攻击，最终“操江号”只得挂起白旗，被日军俘获。“操江号”上的82名水手，成为清日战争中最早的清军战俘。更令国人蒙羞的是，被俘之后，“操江号”被编入日本联合舰队，担任朝鲜水域哨戒，并参加了对清威海卫作战。1903年除籍后，又在日本兵库县当起了检疫船，1965年才被拆解。至此，令曾、李诸公引以为傲的首批“江南”造军舰凋零殆尽。

由于经费难筹和李鸿章渐渐属意于购买外国新船，1885年，江南制造总局停止了造船，专造枪炮弹药。很长一段时期内，中国造船技术与世界先进水平越来越远。“江南”船梦只得在大清的一片狼狈中黯然破灭。直至1905年，江南制造总局在颇有远见的新任两江总督周馥主持下，局、坞正式分家，分别成立上海兵工厂和江南船坞。从此江南造船厂开始了“官办民营”的独立历史和第一次发展小高潮。不过，对摇摇欲坠的大清来说，江南船坞欣欣向荣与否已无关大局。数年之后，大清垮台，江南制造总局的历史翻开了新的一页。

（《作家文摘》总第1703期）

张之洞的最后一搏

·雷 颐·

蒙慈禧召见

1907年8月10日，张之洞奉旨“著迅速来京陛见，有面询事件”。9月4日，他与袁世凯一道被朝廷正式任命为军机大臣。此次张之洞进入中央核心权力机关，是一贯以平衡之术驭臣的慈禧想以其平衡势力渐大的袁世凯，因张、袁的明争暗斗尽人皆知。一年前的“改官制”，袁世凯是唯一直接参与的地方总督，而张之洞只是派代表的六位总督之一，明显袁在张上。对袁主导的“改官制”，张表面未表态，实际坚决反对，且在暗中积极参加“倒袁”活动。任封疆大吏二十年后，终于入阁拜相，成为重要的中枢大员，是张之洞在多少年孜孜以求的。而且，这些年李鸿章、刘坤一、荣禄先后去世，论资历与威望，已无与张比肩者。袁世凯虽然权倾一时，但资历与名望，仍不如张。张之洞确有理由认为自己能对朝政发生重大影响。

9月9日，张之洞乘车北上，12日到达北京。14日，张之洞即蒙慈禧召见。在奏对中，对立宪风潮深有感受的张之洞对朝廷的“预备立宪”明确提出不同意见，认为应“速行立宪”。

慈禧问他：“出洋学生排满闹得凶，如何得了？”

张之洞回答道：“只需速行立宪，此等风潮自然平息。”强调：“出洋学生其中多可用之材，总宜破格录用。”对于革命党，他说：“至于孙文在海外，并无魄力，平日虚张声势，全是臣工自相惊扰，务请明降恩旨，大赦党人，不准任意株连，以后地方闹事，须认明民变与匪变，不得概以革命党奏报。”只要立宪，就不会有革命，孙文就不足惧，其论断与此前梁启超的主张如出一辙。其中“大赦党人”，尤其重要。

慈禧表示自己并不反对立宪，又要派三位侍郎出洋考察。张之洞的回答则颇有些不客气：“立宪实行，愈速愈妙；预备两字，实在误国。派人出洋，臣决其毫无效验。”他不仅以国内形势说明立宪的必要，更以国际形势说明只有立宪中国才会有国际地位。

张之洞的宪政主张

值得重视的是，进京前后张之洞通过种种渠道提出、散播“先开国会，后布宪法”的主张。宪法应由国会制定而非“钦定”，确实反映了他对宪政思想的了解颇为深刻。当然，他提出这个主张，又含有抵制、制约袁世凯的具体目的。袁一直主张缓开国会，先成立内阁，实际权力尽在内阁，自己通过总理大臣奕劻而掌实权。1908年夏，当立宪派准备发动全国性国会请愿运动时，张之洞倡议应“开国会顺舆情”。

然而，张之洞的“速开国会”“开国会顺舆情”“先开国会，后布宪法”的主张并未获得慈禧首肯，袁世凯等人也坚决反对，所以未被朝廷采纳。1908年，朝廷未开国会而先公布《钦定宪法大纲》立即遭到立宪派的批判，其中之一就是指其没有单方面的“立宪权”。张之洞此时的一系列主张，其基本精神就是接纳世界通行的立宪价值，限制君权、限制政府权力。但这些建议哪怕是由公认的“老成谋国”之士张之洞提出也被拒绝，说明清王朝的主政者对形势的发展毫无认识，对自己的权力被限根本不可能接受。

成为诰命大臣

1908年11月14、15两日，光绪、慈禧先后去世。慈禧死前安排年仅4岁的溥仪继位成为宣统皇帝，其父载沣为监国摄政王。

慈禧只征求了两个人的意见，一位是军机大臣世续，另一位则是张之洞。世续与张之洞，可谓诰命大臣。初掌柄国之权的载沣这时只25周岁，与一些满族亲贵对袁世凯倚仗慈禧太后培养自己势力一直非常不满，此时准备将袁治重罪。载沣拟就一道将袁革职、拿交法部治罪的谕旨。但征求奕劻意见时，奕劻坚决反对，警告说：“杀袁世凯不难，不过北洋军造起反来怎么办?”

另外，当时已规定了谕旨不经军机大臣副署不能发表的制度，奕劻是首席军机大臣，如果他不副署就不能发表。载沣又征求张之洞的意见，张虽与袁一直有矛盾，但认为载沣刚刚掌权就诛杀大臣，影响甚巨，杀袁可能引起国家动荡，也坚决反对。最后，载沣接受了张之洞的意见，发布袁世凯“患足疾”着即开缺、回籍“养疴”的谕旨。

载沣与张之洞的分歧

袁世凯开缺，张之洞又是“托孤大臣”，载沣对张倚重异常。然而好景不长，在一系列重大问题上，二者产生重大分歧，关系迅速恶化。简单说，在用人方面，张之洞主张化除“满汉畛域”，以保局势稳定。但载沣越来越偏重任用满族亲贵，在清除袁世凯势力时乘机剥夺、削弱一些汉族官员的权力，同时任命自己24岁的弟弟载洵为筹办海军大臣、22岁的弟弟载涛管理军咨处事务。这些任命，张之洞都不得参与。张之洞完全明白这是倾覆江山社稷之举，但与载沣力争无效，以致“郁狂气发”，直到呕血。

在处理一桩铁路弊案时，张之洞认为载洵、载涛两贝勒推荐的继任者人选殊不得当，反复向载沣说此事“舆情不属，必激变乱”。然而载沣只是冷冷地回答说：“有兵在！”张之洞大出意外，对人感叹：“不意闻此亡国之言！”病情更加严重。

在立宪方面，张之洞深切感受到压力强大，如不尽快开国会很可能会丧失民心，爆发革命，因此他一直力主速开国会，也被载沣拒绝。

1909年10月4日，载沣前来看望气息奄奄的张之洞，载沣走后陈宝琛进室打探摄政王究竟谈了什么，张之洞只是叹息道：“国运尽矣！”究竟载沣说了些什么使张之洞大发“国运尽矣”的悲叹？不得而知。流传出的，就是几句问候话。然而正是在这一天，张之洞溘然长逝。

两年过后，清王朝就在大革命中迅速覆亡。

自上而下的改革比自下而上的革命，社会成本当然小得多，所以绝大多数人都希望以渐进温和的改革而非激烈的暴力革命来实现社会进步。因此，指责辛亥革命打断了晚清“立宪”的观点颇有影响。其实，清末恰是执政者的拒不改革，才为革命打开大门。当老臣张之洞都大受排挤、其化除满汉畛域、顺舆情迅速立宪主张都不被朝廷接受时，还能让谁相信它在“改革”？当对晚清政局洞若观火的张之洞都哀叹这个王朝已入“末世”时，大清王朝的寿命还有几何？进一步说，与其说它的“立宪”被革命打断，不如说是它自己的所作所为断送了“立宪”，最终断送了自己的命运。

（《作家文摘》总第1794期）

段祺瑞家族与李鸿章家族

·宋路霞·

李鸿章和段祺瑞，一个是晚清著名政治家、北洋大臣、洋务派领袖；一个是北洋赫赫有名的将领、皖系军阀首领。这两位风云人物都曾登上中国近代史的舞台，扮演过十分重要的角色。而在漫长的大历史帷幕下，段家和李家还有着许多鲜为人知的命运纠葛。

合肥段家与李家

段祺瑞与李家的友谊起源于上两代人。

咸丰年间打太平天国的时候，段祺瑞的祖父段韫山就跟刘铭传、张树声、周盛波、周盛传等地方豪强，一起拉队伍、办团练。到李鸿章办淮军的时候，段韫山又与刘铭传等来到李鸿章麾下，参加了多次战斗。太平天国被镇压之后，他仍在军中，“以军功累得提督衔，记名总兵，获励勇巴图鲁（满语，勇猛志士的意思）称号，授荣禄大夫，振威将军，于光绪五年（1879）卒于宿迁军次”。

段祺瑞的一个叔叔也在淮军中，后来当上了山东威海军营的营务官。段祺瑞17岁前往威海投靠叔叔，从站岗放哨做起，渐露才干。在他20岁的时候，李鸿章创办的天津武备学堂（陆军学校）开张了，他去投考，一举考中并名列前茅，遂进入炮科学习。那时该校招生一共才100余名，都是从各营考拔出来的优秀者，学制一年，毕业后，仍回各营。段祺瑞毕业后没有再回威海，而是被分配到旅顺港监修海防炮台。

在段祺瑞24岁时，李鸿章为培养高级军事人才，决定在军校毕业生中选派优秀者出洋留学，到德国学习军事。段祺瑞抓住了这一千载良机，考了个第一名，遂被派到德国柏林，进入德国一军校，仍旧攻读炮科，见习时在著名的克虏伯兵工厂实习炮工。

从德国回来以后，段祺瑞开始受到重用，曾被派往北洋军械局委、威海随营武备学堂教习。几年后被袁世凯看中，在小站练兵的时候，被袁奏调到身边，协助训练新建陆军，任炮兵学堂总办兼炮兵统带。李鸿章去世后，他又随袁来到河北保定，任保定军官学堂总办……后来竟至大红大紫。可知老段的发迹，与老李选派他留洋德国有着直接的关系。

段祺瑞一直念记着段家与李家的友谊。所以在民国初期，他的大女儿段式萱要出嫁的时候，就选择了李家的孙子李国源做女婿。李国源是李鸿章的六弟李昭庆的孙子，他父亲李经叙与过继给李鸿章当长子的李经方是亲兄弟。

当时李国源刚从英国麦伦斯科学院毕业。段祺瑞很喜欢这个女婿，因李国源学问好，又有英国绅士派头，回国后就安排他进外交部工作，任参事，还曾出任驻仰光代理总领事。1920年代中期段祺瑞从政坛上下来之后，李国源率家小回到安徽芜湖，抗战时期到了香港，太平洋战争爆发前夕又转到上海。他与段家小姐段式萱婚后得一儿一女，儿子即他们的长子李家曜，女儿名李家明。数年后段式萱因病去世，他的继室是陈箓（民国外交家）的妹妹陈琪玉。

段祺瑞一语释“侯爷”

了解了上述背景就不难理解，段祺瑞为什么后来愿意管李国杰的“闲事”了。

李国杰是李鸿章的长孙，李经述的长子。李鸿章去世后，儿子李经述百日之内也随之西去，所以由李国杰承袭了李鸿章一等肃毅侯的爵位，故有“侯爷”之称。这位“侯爷”清末曾任散轶大臣、出使比利时大臣、农工商部左丞等职。民国初年因有袁世凯的护佑，革命基本上没怎么“革”到他的头上，在段祺瑞执政的时候，还当了安福国会参议院的议员。而到了国民党北伐成功之后，蒋介石不肯买李鸿章家族的账，李国杰就面临了大麻烦。

李国杰1924年当选了轮船招商局董事会会长。可是他的命不好，在他任董事长之前一年，招商局由于种种原因开始亏损，年亏损达160余万。为了开展业务，已向各庄户挪借300余万，加上上海光复时沪军都督陈其美向轮船招商局借的款项，总数已达1000多万。李国杰和董事会遂以轮船招商局的一部分栈房和市房作抵押，向汇丰银行抵押借款650万元，以渡难关。谁知此事后来竟招来了大麻烦。

其实轮船招商局这个晚清遗留下来的庞大企业，一直是国民党人的心事，因为油水太大了。国民党初坐天下，财经紧张，银根紧缺，从长远计议，总想把招商局弄到手。那时的招商局已经是商股了，是商人们的企业，而且已在商部注册了，国民党公开抢夺总不是回事，只好打出“整顿”的旗号。

1927年国民党到上海后，逐步对晚清遗老的财产实行没收和监管政策。1927年5月，就派张静江清查整顿招商局，后来因为招商局隶属于交通部管，又由交通部长王伯群担任监督。李国杰这个董事长就成了王伯群的下属，成了由王伯群任命的监督办公处总办。1929年又宣布招商局从此直属国府，由国府派专员负责整顿。

与此同时，其他前清遗老们也开始日子难过。1929年9月28日，由江苏省政府主席钮永建训令上海县，宣布没收盛宣怀财产。10月5日，又有上海特别市市政府的通告：奉国民政府令，前清故吏盛宣怀侵蚀公币，证据确凿，应将所有遗产一律查封没收。政府采取了强硬的态度，盛家在招商局的“三杆枪”（盛恩颐、盛重颐和盛升颐都吸食鸦片）就没辙了，他们在招商局的位子保不住了。

对待李家，国民政府的主要目标对准了李国杰。因为李家的作风不如盛家洋派，主要财产还是安徽老家的土地，房产主要集中在合肥和芜湖。安徽方面已经向李家索要了60万元军饷。南京和上海的政府大员，自然看不上那些安徽的地皮，对李家在上海的其他人员他们不熟，李国杰目标大，那就抓李国杰好了。

经王伯群从中周旋，李国杰表示同意由政府监督。谁知他一松口，南京政府就派了个赵铁桥出任总办，到招商局内部真的来“监督”他了。赵任总办之后，有政府作后台，大权独揽，李国杰不得不处处防范、退让，日久便生怨尤，摩擦不断。

李国杰在向汇丰银行借款的过程中，有“声明并无中佣，但开支酬劳计二十余万两之巨，内中一部分为其本人所得”的问题。还有在1927年年终，为自支酬劳银五千两私用的事情。于是赵把他告上法院，这下把李国杰惹恼了，下决心报复。

这个报复不是一般的报复了，竟想动手除掉赵铁桥。时值神秘杀手王亚樵正在上海活动。王亚樵曾多次密谋干掉蒋介石，对暗杀蒋介石的部下亦十分爽快。李国杰与王亚樵联系上了，给了王1000大洋和一张赵铁桥的照片，于是，赵铁桥于1930年7月24日，在招商局的楼侧遭枪击身亡。

赵铁桥被暗杀后，蒋介石非常震怒，责令宋子文火速查办。他们知道是李国杰干的，可惜抓不住把柄，但经济上已抓住了把柄，就以经济案件把他暂行拘留。

李国杰倒也不慌不忙，他运动了父亲一代甚至祖父一代的故友旧僚，又用银子去贿赂交通部次长与监督陈孚木，使案子一拖再拖。最后，连陈孚木自己也保不住了，事情才如水银泻地，无可收拾了。

两年多后的1932年12月27日，上海地方法院的判决书终于判下来了，判处李国杰有期徒刑三年，剥夺公民权利四年。

可是那个时候法律还是比不上权力大，只要有权人一讲话，格局就又变了。这个有权人首先就是段祺瑞，那时他虽然早已不是国务总理了，但威势和影响还在的，尤其老蒋还买他的账，因为他曾是蒋介石的校长嘛。

1933年，段家已褪去了昔日的光环。老段从北京政坛上下来，成了城市森林中的寓公，在天津的租界里安度晚年。可是“树欲静而风不止”，日本人想拉他出山主持华北局面，但他不愿跟日本人纠缠。正苦于无计脱身时，南京的老蒋那边有信了。蒋介石恐怕老段万一上了日本人的当，糊里糊涂地下水，对整个局势不利，就精心安排了段祺瑞南下，到上海租界里去当寓公。

车到浦口火车站时，蒋介石亲自去迎接。几句寒暄之后，想不到段祺瑞却提起了李国杰的事。

他对蒋介石说："国杰的事，就看在中堂大人（李鸿章）的面子上，算了吧！"蒋介石先是一愣，心下虽气恼，嘴上亦不好反驳，只好点头喏喏。不几天，神通广大的"侯爷"李国杰就被放出来了。

段三小姐的"夺子"之计

现在翻开《合肥李文忠公世系简表》（俗称李鸿章家族"老六房"），可以看到老六房中有一个人有两个名字，即李国源的五儿子李家晖，同时又叫袁缉辉。这里还有一段有趣的故事，故事源头还是来自段家。

大约在1935年，段祺瑞的弟媳妇在合肥过生日，大家族的亲戚们都前去为之祝寿，李国源夫妇也带着3岁的儿子李家晖前去了。

段家三小姐段式巽嫁的是袁世凯的侄孙袁家鼐，婚后只有一个女儿，那时还没有儿子，她很喜欢李家晖，就说想带家晖回南京家里玩几天。李家晖的父母李国源和陈琪玉没加思索就同意了。

谁知段三小姐将李家晖带入袁家，关上门就告诉他，他是袁家的孩子，从此改名袁缉辉。等到李国源夫妇上门领孩子的时候，段三小姐却怎么也不肯交还了，声言："你要把他带回去，那先拿手枪把我打死好了！"陈琪玉没有思想准备，哪里舍得把亲生儿子送给别人？僵持中，还是李国源头脑活络，就对妻子讲，他们没有男孩子，喜欢家晖是很自然的，家晖在袁家不会吃亏的，何况，三妹身体这么弱，待她以后去世了再要回来也不迟……于是李家晖就真的成了袁缉辉了。

但是陈琪玉仍是放心不下，在李家晖过10岁生日时，给了他最衷心的祝福，并且设法让他知道，他的确是李家的孩子……说起家庭出身，有人是双重豪门，而李家晖则是李家、袁家、段家三重豪门。

谁知人算不如天算，后来李国源、陈琪玉夫妇先后于1965年和1974年病逝于香港，而段家三小姐段式巽病怏怏地却活到了1993年，享有92高寿，病逝前为上海市文史馆馆员，擅长绘画，已经画得很不错了。那套著名的“洪宪瓷器”，最后就是在她手上，经她手转让国家有关部门的。

现在的李氏家谱里，又把李家晖“接”回来了。他后来就读复旦大学，毕业后留校任教，研究社会学、老年学，还当了上海社会学学会的副会长。自己的“身世”复杂，想必对社会的复杂性有着深刻的理解。

（《作家文摘》总第1991期）

官商夹缝中的盛宣怀

·雷晓宇·

历史往往记住的是“第一个”。华东师大教授夏东元认为盛宣怀当得上“中国商父”的名号。

在中国近代，盛宣怀曾经创下十一个“第一”：第一个商本商办企业——轮船招商局；第一家电讯企业——天津电报局；在山东创办了第一个内河小火轮航运公司；第一家银行——中国通商银行；第一条南北干线铁路——芦汉铁路；第一个钢铁联合企业——汉冶萍煤铁厂矿公司；第一所工业大学——北洋大学；第一所正规师范学堂——南洋公学（上海交大前身）；第一个全国勘探总公司；上海第一个私人图书馆；中国红十字会第一任会长。

“在这十一个第一里面，最重要的恐怕是铁路。”中国社科院经济所袁为鹏说，“就他掌握的资源来说，铁路是最集中的，同时铁路也是最复杂的，他一生受争议最多的就是铁路，曾经因此成为众矢之的——大清的覆亡和盛宣怀的退出，和铁路大有关系。”

1896年到1906年，盛宣怀担任铁路总公司督办大臣，共修铁路2100多公里，超过民国成立至民国二十年所修铁路总数。

盛宣怀如何谋得这个肥缺？要从张之洞和盛宣怀的关系说起。

盛宣怀和张之洞

“张之洞并不喜欢盛宣怀这个人。”袁为鹏说，“但是他又离不开他。”盛宣怀这个人的重要性就在这里。论做官，他一辈子最高也不过就一个尚书；论德行，他的贪污问题一直就是一笔说不清的糊涂账。人人都知道他花头多，但是人人都离不开他，包括最高当权者慈禧也是这样——要不是盛宣怀办了电报和铁路，恐怕庚子之乱的时候老太太既走不了，也回不来。

盛宣怀经办的铁路、轮船、电报，这些都是当时的基础性行业，而且是官办企业中为数不多的可以赚钱的大行业。“盛宣怀把这些都掌握在自己手里，他的重要性也就不言而喻了。”袁为鹏说。

1889年，张之洞就任湖广总督，奉命在湖北兴办洋务。“这时候的湖北是个穷地方。一开始，张之洞自己对于在湖北办事也缺乏热忱。”袁为鹏说，“但之所以选择湖北，有两个原因：第一，如果办在经济发达的沿海，清政府担心一旦战事打起来，损失过大；第二，当时经济发达的东南地区全是李鸿章淮系的力量，对于一个王朝来说，这并不是好事，所以需要扶植张之洞在湖北的力量，用来牵制淮系。”

和站在起跑线上的张之洞相比，当时的盛宣怀俨然是李鸿章手下的经济大总管。“到张之洞创业的时候，盛宣怀已经统领了全国90%以上的大企业。”夏东元说。

“张之洞不得不在人才和资金上有求于盛。”袁为鹏分析说，“他在湖北办事的时候，大量人才都来自东南，这些人多少和盛宣怀都是有关系的。在资金上，他刚开始办汉阳铁厂的时候，醇亲王承诺每年拨银200万两，可是不到一年醇亲王就死了，钱也泡汤了。”

张之洞缺钱，盛宣怀可是有钱。当时盛的实业在沿海发展得很快，但他的势力要继续发展，就必须向内地走。因此，盛宣怀对于武汉觊觎已久。

尽管如此，张、盛之间并没有一拍即合。时机出现在甲午战败之后。

“这时候形势发生了变化。”袁为鹏说，“一方面，李鸿章甲午之后倒台了，所有淮系大员的处境非常困难，很多人弹劾盛，政治优势转化到了张之洞这边。另一方面，战败后政府更加没钱，张之洞从中央拿钱更加没指望，盛宣怀的经济优势更加明显。”

命运给了盛宣怀这次机会，他抓住了，和张之洞做成了一笔交易，盛宣怀帮张之洞接下汉阳铁厂的烂摊子，张之洞则帮他摆平弹劾一事，而且保举他担任芦汉铁路督办大臣。张之洞以自己的政治优势换了一个经济砝码。而盛宣怀呢？一旦担任铁路督办，汉阳铁厂生产的那些铁轨就不愁销路了。

盛宣怀通过和张之洞的交易，完成了对全国路矿行业的垄断。而他之后遭遇的一系列麻烦也和路矿有关，并且直接导致了他的下台。这要从他和另一个晚清大员的关系说起。这个人叫袁世凯。

盛宣怀和袁世凯

李鸿章手下有两员干将。袁世凯继承了他的军事事业，盛宣怀继承了他的经济事业。“但是这两个人很不一样。”袁为鹏说，“袁世凯是很有政治野心的一个人，而盛宣怀到了晚年，只是一个贪财的老头子，一心想维持住自己的局面。”

1901年，袁世凯在李鸿章之后继任北洋大臣。练新军、办洋务、扩张个人势力，都需要钱。他打上了盛宣怀的主意——对方手上的铁路、电报、轮船，这都是肥缺，一旦到手，何愁无钱？

都说袁世凯是个运气极佳的赌徒，直到倒台的前一刻都一直满手好牌。此言不虚。1902年，盛宣怀身边发生了两件事情，为袁世凯夺权提供了大好机会。

一个是盛宣怀身边一个负责电报采买的手下跟他闹翻，投奔袁世凯，把他的贪污内幕向袁抖落了一个遍。一个是这年盛宣怀的父亲盛康去世，按照规矩他必须交出手上的实业回乡丁忧。袁世凯得此良机，很快派唐绍仪和梁士诒接管了铁路和电报事业。这两人也成为后来民国时期的两名交通系大员。

现在盛宣怀手里就剩下一个汉冶萍了。之所以没被完全掏空，一是因为张之洞还活着，武汉是他的势力范围，他肯定不愿意袁世凯染指，因此死保盛宣怀。另外，盛宣怀见势不妙，采取了一些手段。这就是1907年的汉冶萍公司的改制，改革为公司制度。这时候晚清的《公司法》已经出台，一旦改制，袁世凯就不能拿他怎么样了。

盛宣怀的一生，都在官场和商场之间辗转，他和张之洞不一样。张是做官为体，做事为用，他是做事为体，做官为用。他的官场作为是为他的实业利益服务的。

1911年，时任邮传部尚书、汉阳铁厂总经理的盛宣怀发起了铁路收归国有运动。“当时他面临着各地铁路商办的势头。如果商办，他就惨了。他不能说服别人去买汉阳铁厂的铁轨，因为当时向外国人进货有回扣，而中国是明账。”袁为鹏说。

事件发展超越盛宣怀的想象。很快，四川爆发了反对铁路国有的保路运动，清政府派湖广总督端方前往镇压。拥有强大的湖北新军的武汉军事空虚，半年前集合全党之力在广州起义尚且失败的革命党，这一次，仅凭一些乌合之众就在武汉打响了革命首义。辛亥革命爆发以后，盛可说是众矢之的，祸国殃民、贪赃枉法的弹劾声不绝。盛宣怀远避日本，而民国政府则宣布没收盛宣怀财产。

下野之后

辛亥之后，盛宣怀又好好地活了8年。他的实业虽然被没收了，但是股票、地产、房产还在。他住在上海租界的大房子里，一心保养余生，至于子女们的钩心斗角分家析产，他都不去管了。

1916年盛宣怀去世，子女因为分家大闹了一场。盛宣怀的孙女盛佩玉当时已经出嫁没有参加分产，不过她还记得，祖父遗产大约有2000万两银子。

因为这笔2000万的糊涂账，今天一些企业家所遭受的责骂，盛宣怀当年一一尝遍。他们遭遇的困境——得不到保护的产权、大众平均主义的暴力、舆论普遍的不同情，盛宣怀当年也不曾走出。袁为鹏说，盛宣怀无论在人格上、知识结构上、社会环境上都是一个过渡性人物。难道这个过渡竟是如此漫长，90年之后仍难以获得重生？

（《作家文摘》总第984期）

张佩纶与李鸿章的交往细节

·李 婷·

张佩纶与李鸿章关系的渊源

在光绪初年的政坛上，张爱玲的祖父张佩纶是锋头极健的“清流”人物，与张之洞、宝廷、黄体芳合称“翰林四谏”。所谓“清流”，是当时官场中的一批言官，取法儒家传统，以刚正不阿、主持清议、议论时政、纠弹大臣出名。据统计，1875—1884年间，张佩纶共上奏折127件，其中弹劾和直谏的占三分之一。

张佩纶的弹章写得极好，这在当时是有公论的。其在政坛上的杀伤力一度无与伦比，然而，张佩纶从来不攻击李鸿章，这同张佩纶之父张印塘与李鸿章是早年旧识有关。张印塘，字雨樵，嘉庆己卯科举人，曾任浙江各地县官。张印塘人生的最后几年，一直在安徽与太平军作战，在征战中与当时刚从北京回乡办团练的李鸿章结下了交情。张佩纶与李鸿章两人在同治末年已经建立起直接的联系，且李鸿章对张佩纶颇为赏识。

据记载，1879年夏，张佩纶丁忧去职，收入窘迫，李鸿章写信给前江苏巡抚张树声之子张华奎，推荐张佩纶到北洋担任幕僚。1886年，张佩纶第二任夫人过世后，李鸿章更是将爱女李经（小名鞠耦）许配给他续弦，可见对他的看重。

首次默契配合：琉球问题的处理

而张佩纶也积极为李鸿章谋划了许多事情，起始之作是对琉球问题的建言。

琉球是位于西太平洋的岛国，明清两朝均向中国朝贡。光绪元年，日本逼迫琉球放弃对中国的臣属，后将其改为冲绳县。琉球国王派人向中国求救，李鸿章和清政府均认为没有能力帮助琉球国王复国，但对日本吞并琉球，也拒绝承认。光绪五年，美国前总统格兰特来远东游历，允诺为中国调处琉球问题，据中国驻日公使何如璋报告，格拟方案，将琉球北岛归日本，中岛还琉球，南岛归中国。光绪六年，中俄因收回伊犁问题，两国关系急剧紧张。俄方宣称要派军舰袭击中国海岸和港口。同时，日本趁火打劫，再次建议中日两国分割琉球。

正是在此背景下，总理衙门同日本驻华公使在宍户玑开始谈判琉球问题。恭亲王向朝廷报告，拟在修改《中日通商条约》时，准日本人入中国内地通商，加入“一体均沾”条款。同时签订条约，自光绪七年正月起，将琉球冲绳岛以北归日本，南部宫古、八重山诸岛归中国，中国如何存球，日本无从置喙。消息传出，“清流”立即反对。清廷旋命李鸿章统筹全局，详议琉球案应否照总署所奏办理。张佩纶致函李鸿章，建议把延缓谈判琉球案，作为发展海军的政治策略。

这是张佩纶出手做的大谋划。信中张佩纶直言，留日本来生一波折，将来朝廷“必将以北洋全防付公”。信中他还直斥沈桂芬误国。紧接着，张佩纶连续写了三封信给李鸿章继续出谋划策。随后李鸿章上《妥筹球案折》，提出“今则俄事方殷，中国之力暂难兼顾。且日人多所要求。允之则大受其损，拒之则多树一敌。惟有用延宕之一法，最为相宜。”主张速购铁甲，船械齐集，水师练成，纵不跨海远征，日本嚣张之气当为之稍平。至于琉球案，原定御笔批准，三月内换约，可探俄事消息。若俄事三月内已议结，则不予批准。在中外矛盾交集、朝廷内部“清流”与沈桂芬一系激烈争论的复杂环境下，李、张联手，将争论焦点转移到发展海军的话题之上。

李鸿章“夺情”复出与“清流”的幕后策划

1882年，李鸿章母亲病故于其兄湖广总督李瀚章武汉寓所内。按传统做法，官员逢父母去世，必须丁忧，辞职守制27个月。临行前，李鸿章安排张树声（淮系中仅次于李鸿章的第二号人物）在他丁忧守制期间，署理直隶总督兼北洋大臣。其实，李鸿章内心并不想离任，也对张树声不放心。因为，丁忧是官员职业生涯的暂时中断，涉及本人的官位和升迁节奏，以及经济收入。由于高层官员的变动，还会牵动全国重要职务的结构调整。不过，对于个别高级官员，如果朝廷不同意开缺，可以“夺情”，安排其以“署理”方式继续工作。李鸿章后来的“夺情”复出，便得益于张佩纶、李鸿藻精心的幕后策划。

当年六月初十日，张佩纶写给李鸿章一封密信。信中提到：“高君已援湘北传，商之间平。《实录》及史传均无之，惟《先正事略》有此一节，不知所本。初不允，后闻之长信，似有允意。……高君苦心经营如此，不审公意如何耳。”

“信中高君即高阳，代指李鸿藻，间平指恭亲王，‘长信’指居住长春宫的慈禧太后。这封密信证明，是李鸿藻找出李天馥夺情的故事来说服恭亲王的。天馥之事，《实录》和官方史书上均无记载，典出李元度同治年间修撰的《国朝先正事略》，作为典籍使用，有点不够靠谱。恭亲王本来对李鸿章夺情并不允许，因慈禧太后也有此意，才同意了。”历史学家姜鸣说，过去学术界一直以为，军机大臣中，代表南派的沈桂芬比较开放，而代表北派的李鸿藻较为保守。从这件事可以看出，事实上，李鸿藻的气度和手腕，也让人惊叹不已，而他以及他操控的“清流”，与李鸿章以及其代表的“浊流”的关系并不是许多历史学者此前所认为的那么糟。

（《作家文摘》总第1626期）

伊藤博文眼中的晚清改革

·雪 珥·

“变革诸政应由渐而来”

1884年，朝鲜爆发“甲申政变”。日本支持的“开化党”，劫持国王，试图驱逐宗主国中国。应朝鲜政府之请率兵驻扎汉城的袁世凯等，果断出击，粉碎政变，令日本的阴谋难以得逞。

事后，日本遣伊藤博文前来天津，与李鸿章谈判中日条约。这是李鸿章与伊藤初次见面。在两人的谈话中，伊藤提出了中国改革需要渐进的看法：“中国地广人众，变革诸政应由渐而来。”

归国后，伊藤也对其国人分析了中国当时的改革。首先，他肯定中国的改革在短期内一定见效，“三年后中国必强”，但是，日本对“此事直可不必虑”。日本之所以不必担心中国，主要因为中国改革将遭到内部巨大的阻力，“中国以时文取文，以弓矢取武，所取非所用；稍为更变，则言官肆口参之”。基于如此判断，他认为，日本的对策，“此时只宜与之和好”“速节冗费，多建铁路，赶添海军”，发行钞票，“三五年后，我国官商皆可充裕，彼时看中国情形，再行办理……惟现实则不可妄动”。

至此，伊藤提出了其对中国改革的两个基本看法：一、中国必须改，但中国的改革内部压力大，动不动要“睡觉”；二、中国的国情，决定了中国的改革必须渐进。这两点，贯穿了他此后的一系列论说中。

“中国何至今一无变更”

甲午战争之后，李鸿章前往日本谈判。在下关（马关），与伊藤博文第二次见面。这两位分别主导了中日改革的政治家，谈及了两国的改革。

李鸿章对伊藤说：“亚细亚洲，我中日两国最为邻近，且系同文，讵可寻仇？今暂时相争，总以永好为事。”

对于李鸿章打出的同文同种友谊牌，伊藤博文却并不接茬，而是直接谈及最为关键的改革话题：“十年前我在津时，已与中堂谈及；中国何至今一无变更？本大臣深为抱歉！”

李鸿章唯有叹息：“本大臣更为抱歉！自惭心有余、力不足而已。”

伊藤道：“天道无亲，唯德是亲。贵国如愿振作，皇天在上，必能扶助贵国如愿以偿。”

马关谈判之中，李鸿章与伊藤唇枪舌剑之外，亦有交心之言。

李鸿章曾说：“我若居贵大臣之位，恐不能如贵大臣办事之卓有成效！”

伊藤道：“若使贵大臣易地而处，则政绩当更有可观。”

李鸿章道：“贵大臣之所为，皆系本大臣所愿为；然使易地而处，即知我国之难为有不可胜言者。”

伊藤说：“要使本大臣在贵国，恐不能服官也。凡在高位者都有难办之事，忌者甚多；敝国亦何独不然！”

伊藤博文是个性非常张扬的政治家，一点都不掩饰。这样的个性，如果在中国特色的官场里，“恐不能服官也”还真是实话，也可算是他对中国国情的深刻了解。

“治弱国如修坏室”

甲午之后，中日两国进入了为期近10年的蜜月期。

伊藤积极为大清的改革出谋划策，当然，也顺带试图在中国建立对抗沙俄的“统一战线”。戊戌变法期间，中国政府曾计划聘请伊藤博文与英国传教士李提摩太担任国策顾问。

这一年9月开始，伊藤以私人身份“漫游”中国。此时因为日本国内政争，以伊藤博文为总理的日本内阁，刚刚被推翻。在驻日公使裕庚看来，伊藤的访华一方面是“系出无聊”，一方面也是“查看中华情形，有无机括可乘”。

9月24日，李鸿章宴请伊藤博文。酒宴上，两人谈及刚刚发生的政变，伊藤告诉李鸿章，中国的改革如同修缮破房子，而“三五喜事之徒”，却拿着“重椎、巨索”大拆大建，结果当然就会压垮这房子。

“三五喜事之徒”的考语，代表了相当大一群旁观了这次维新变法运动的外国人的普遍观感。中国海关总税务司、英国人赫德也认为，“皇帝的方向是正确的”，但是他的团队“缺乏工作经验，他们简直是以好心肠扼杀了进步——他们把足够9年吃的东西，不顾它的胃量和消化能力，在3个月之内都填塞给它吃了”。

伊藤离京后，先后到武汉和南京拜访了湖广总督张之洞、两江总督刘坤一，全面掌握中国实力派政治人物的倾向。

伊藤到武昌，湖广总督张之洞下令隆重接待，重新装饰了黄鹤楼，馆宇内外陈设装饰，及一切饮馔之类，务极华美，不限费用。伊藤在武昌访问仅仅只有两天，当地的接待费用高达白银7.6万两（至少约合1520万元人民币），伊藤临行叹曰：“金钱可惜！”

他返回日本后，于12月10日在东京帝国饭店发表演说，主题为《远东的形势与日本的财政》，在谈到中国之行时，他指出：“中国的改革并不是不可能的。但是在那么广大的国家里，对于几乎数千年来继承下来的文物制度、风俗习惯，进行有效的改革，绝不是一朝一夕所能办到的。要想决议改革，我认为一定要有非常英迈的君主及辅弼人物，像革命似的去彻底改革才可。”

“中国民众对政府失去信心”

戊戌风云之后，中国改革的脚步并未停止。次年，中央派出二品大员刘学询率团出访日本，对外公开的使命是考察商务，而实际上还肩负着与日本缔结秘密同盟的使命——这是中日两国“兴亚主义”者们多年来致力推动的。

刘学询率领的中国代表团，几乎遍访日本政、经两界的所有大腕级人物。

这次出访，刘学询与伊藤博文有两次会谈，第一次会谈时间居然长达4小时15分钟。对于这次会谈，刘学询晚年在接受国民党党史人员访谈时回忆道："伊藤认为中国如果不改革自强，瓜分及崩溃就会迫在眉睫，但是，中国军队外强中干，无法对敌作战；而中国人口的资源虽远超日本，其税收却不如日本，其中关键，就在于中国的民众对政府失去信心，纳税并非出于自愿。"

刘学询也回应说，中国改革的失败，在于改革者的草率浅薄、敷衍塞责，而不是极端守旧派的抵制，康梁等人纯粹是打着改革旗帜的夺权者和政治投机者而已。对于刘学询的这种观点，伊藤博文是接受的。

"慎重与调和"

1909年春夏之交，时任朝鲜统监的伊藤博文陪同"大韩帝国"皇帝，分两次巡视了朝鲜南方和北方，因伤风而回到日本，在濑户内海著名的道后温泉休养。英国驻日公使窦纳乐即将回伦敦休假，临行前去拜访伊藤。窦纳乐在甲午战争后到庚子事变期间，一直担任英国驻华公使，随后与驻日公使萨道义两人对换，因此，对东亚的局势相当熟悉和了解。

伊藤博文告诉窦纳乐，中国的各种政治势力都忙于争夺权势，而最为致命的是，中央政府过于衰落，其权威荡然无存，而"各省咨议局被赋予了太大的权力"，这些咨议局对地方督抚形成了巨大的牵制，进一步加剧了地方的离心倾向。

当时，中国民族主义情绪极为高涨，要求从列强手中收回利权的运动此起彼伏，但曾经主导了日本挽回利权运动的伊藤博文，显然对此大不以为然。他认为，中国的当务之急是要处理好内政，然后才能对外收回利权。伊藤以日本为例，向窦纳乐指出，"慎重与调和的政策”对于中国来说是十分必要的。

在这次会见中，伊藤博文告诉英国人，中国按照目前的改革节奏，一定会失控，3年之内将爆发革命。果然，两年半后（1911年10月），辛亥革命爆发，又过了4个月（1912年2月），宣统皇帝宣布逊位。

（《作家文摘》总第1820期）

康有为为何想杀孙中山?

·杨津涛·

1905年，兴中会、华兴会、光复会的革命党人走到一起，建立同盟会。以“保皇”为号召的康有为，因此认定孙中山“必为大害”，发誓“穷我财力，必除之”。他指示在美国的保皇会人约孙会面，密设“刀斧手”，于席间杀之。若此计不成，则“跟踪追剿”，必要杀之而后快。这不是小说情节，而是来自美国最新披露的一批档案。这批档案有信札、电报两百余件，原由康有为次女康同璧所有。其中这封康有为密谋杀害孙中山的电报，让我们对清末革命、保皇两党的角逐，有了更深了解。

康有为抢了革命党的学校

康有为在广州开设万木草堂，广收门徒时，孙中山就在他们旁边的“圣教书楼”里挂牌行医。康有为常到书楼买书，一来二去，孙中山看他关心西学，算是同道中人。孙中山托一个与康相识的朋友，转达了他的结交之意。康圣人完全没把孙中山这个小郎中放在眼里，答复说：结交可以，但要孙“先具门生帖拜师乃可”。孙中山一看康有为这么托大，也就不搭理他了。

康、孙结交失败，各自带着一帮徒弟、兄弟，做起自己的事业。康有为在北京发起成立强学会，张起“变法”大旗；孙中山则在香港同杨衢云合作，壮大了兴中会，声称要“驱逐鞑虏”。双方路数不同，但所求都是救国，不期然地走到一起。代表革命党的陈少白，早年与孙中山等在香港合称“四大寇”。他在上海见到了入京参加会试的康梁师徒。三个人前后聊了几个小时，相当投机。

这时因广州起义失败，孙中山等流亡日本。应华侨要求，革命党人在横滨建了一所华侨子弟学校，一方面传承中国文化，一方面传播革命思想。但革命党里面没有能当老师的，于是筹划延请梁启超。梁因主持《时务报》无法分身，康有为就命另一位弟子徐勤，带着几个师兄弟，东渡日本，襄助革命党，开起“大同学校”。

开始时，双方合作颇为愉快。直到戊戌年，康有为摇身一变，成了光绪朝改革的“总设计师”。康梁师徒既是朝中红人，再和兴中会这批乱党为伍，既危险，又没必要。康有为索性来个过河拆桥，交代徐勤把大同学校来个鹊巢鸠占。因此，在学校里上演了这一幕：孙中山、陈少白等过来视察，到办公室里一看，桌子上竟有一张条子，写着“不得招待孙逸仙”。这一下炸开了锅，革命党的小伙子们立马跑去质问校长徐勤。这事闹了一阵，不了了之，孙中山从此再没到过大同学校。

梁启超挖兴中会会员

康有为、梁启超等在帝都得意，前后不过一百多天，很快也成了通缉犯，打起勤王的招牌。在宫崎滔天的撮合下，保皇、革命两党又获得了一次联手的机会。

会面地点定在后来做过日本首相的犬养毅家。康有为自称身怀“衣带诏”，不便见革命党人，让梁启超一人赴会，同孙中山、陈少白彻夜长谈。

不久，康有为被日本当局“礼送出境”，前往美洲游历，梁启超留下办《清议报》，使他有了更多机会联络革命党。双方谈判的具体过程，今天已经无法确知，只能看到商谈的结果——两党联合后，由孙任会长、梁为副会长。梁启超问孙中山，咱们合作，“如此则置康先生于何地”？孙中山回答得很巧妙：“弟子为会长，为之师者，其地位岂不更尊？”不知道当时梁启超是否想到，自古以来，是没有一个皇帝，自愿去做那位尊的太上皇的。当康有为看到梁启超等十三名弟子（所谓“十三太保”）让他“息影临泉，自娱晚景”的信时，自然怒不可遏。

爱徒与革命党暗中往来的事，康有为知之甚详，告密者就是与孙中山等有隙的大同学校校长徐勤。徐勤给远在新加坡的老师发去电报，警告“卓如渐入行者圈套，非速设法解救不可”（卓如是梁启超，行者是指孙中山）。康有为将各弟子申斥一通，把梁启超“流放”到檀香山发展保皇会。孙、梁合作无果而终。有道是“买卖不成仁义在”，当梁启超请求孙中山，让他帮忙介绍一些檀香山的小伙伴时，孙中山一口答应，亲自给哥哥孙眉去信介绍。梁启超到了那里，声称我们保皇会“名为保皇，实则革命”，希望大家捐款，赞助“革命”。

檀香山是兴中会的大本营，孙中山起家的地方，人脉广，群众基础好。大家一听是“自家孩子”的朋友，那当然慷慨解囊，筹集了“华银十万元”。几个月间，檀香山的兴中会会员也都倒向梁启超。革命党人当然不会善罢甘休，在檀香山发起舆论反击，抨击保皇会只保“大清国”，不保“中华国”。孙中山指示，“非将此毒铲除，断不能成事”。

这一次梁启超挖了孙中山的墙角，关系从此破裂。

雪上加霜的是，1906年，保皇会死士梁铁君，奉命入京行刺慈禧。不幸走漏消息，梁铁君被捕后殉难。梁启超怀疑是孙中山向清廷告密，他在给康有为的信中说，“今者我党与政府死战犹是第二义”，“第一义”是“与革命死战”。旧愁新恨、误会丛生，再无谈判余地。

两大阵营势同敌国

两党没法合作，也不能“井水不犯河水”。他们这些人流亡海外，要筹款做大事，只能找华侨。华侨就那么多，钱捐给了保皇，就没力量再帮孙中山。对这个蛋糕，双方都想争块大的，那除了削弱对方，别无他法。

开始时，大家是“文斗”，你办一个《民报》，我办一个《新民丛报》；我办一个《大汉报》，你办一个《日新报》。从香港、横滨，到檀香山、旧金山，反正有华侨的地方，就有他们的报刊。

文斗能游说华侨，但不能直接打击对手，于是又有了武斗。在康有为向孙中山下追杀令的1905年秋，孙中山还命胡汉民大闹了“戊戌、庚子死事诸人追悼纪念会”，目的是“揭露康梁保皇、立宪的欺骗宣传”。保皇会一批文弱书生，真斗不过这群精力旺盛的“革命小将”。1907年，保皇会组织“政闻社”挂牌成立的当天，梁启超正在台上演说，张继、陶成章率几十个同盟会小兄弟，大打出手，惊动了日本警察。徐勤在新加坡等地的活动，也被革命党踢了场子。

保皇会要报复，还有其他招。1904年，孙中山去美国时，保皇会联络清政府在纽约的领事，以及海关译员，在手续上为难孙中山，把他关在海关的小木屋里好几天。美国致公堂的首领黄三德等凑了500元，才把孙保了出来。

辛亥革命前，保皇、革命两党争斗的热闹程度超乎想象，真可谓各显神通。由此来看，康有为设计谋杀孙中山的秘闻爆出，也不必大惊小怪。

（《作家文摘》总第1828期）

晚清三大军政集团的“环链关系”

·董丛林·

所谓“晚清三大军政集团”，是指由曾国藩开创的湘系集团、以李鸿章为首的淮系集团以及后起的袁世凯北洋集团（以下以“湘”“淮”“袁”简称之）。三者是对当时朝政、社会乃至历史进程有着重大影响的群体势力，其间交错勾连，发展嬗变，承续更替，可以“三环链”喻指。

就三者的形成而言，“湘”“淮”时间上比较靠近，且源流上关联直接而又密切。曾国藩自咸丰二年（1852）末开始借办团练练兵，咸丰四年（1854）春湘军正式练成出征，至此可以说湘系集团雏形初备。而以李鸿章为首的淮系集团，在特定情况下形成比较快捷。因“东援”需要，本为曾国藩幕僚的李鸿章奉幕主之命组建淮军，同治元年（1862）开赴上海，并且他很快有了疆吏（出任江苏巡抚）权柄，这样“军政结合”，淮系集团就有了比较完备的形态，完成了“淮由湘出”的衍生分化。从湘、淮集团各自初成的时间上看，前后有大约7年的时间差，而两者形成后共存“交叉”的时间则更长。

袁世凯北洋集团的孕育产生则比较靠后，自甲午战后的“小站练兵”初萌，嗣后逐步成型，时间上与其笼统地说承湘、淮两者之后，不如说承淮衍生更为直接。袁世凯的叔、祖辈与李鸿章即多有联系，袁本人的为官初阶则可谓从淮系要员吴长庆门下踏出，而后更得助于李鸿章的护持、荐引。其集团势力的奠基，也离不开对淮系人员的直接延揽、收用。而及至其集团势力初成之际，湘系群体形态上已告漫漶，淮系则因其“开元”领袖李鸿章的在世而实体尚存，与袁氏集团有着交叉共存时段。及至光绪二十七年（1901）李鸿章去世，直隶总督兼北洋大臣的要职由袁世凯继任（先署理，随后实授），则可视为完成其群体性直接替代的标志。由此可见，渊源上袁氏集团与“湘”“淮”有着相对的远近、疏亲。

三大军政集团就是这样递次生成，交错连接，相承相续，此为体现其“环链关系”的一个方面。另一方面，更内在地体现于其有同有异、形态嬗变演化的关联上。

它们有着共同的基础。就最基本的要端而言，一是在形成的背景性契机上，都是基于特定条件下清朝的军事需要应运而生，乘机发展。“湘”“淮”之生成尽管有一定的时间差，但显然都是利用了清廷镇压太平天国的需要因势而起。而袁世凯“小站练兵”，则是在甲午战后的背景下，适应清朝借“变通军制”而“讲求自强”的需求而得。再一更重要的原因，就是它们皆以“私属性”颇强的军队为支柱，进而实现密切的“军政结合”（有“私属性”军队又有督抚权柄，而此种人物实力上已非一般督抚可比），终得形成具有完备形态的集团性群体势力。湘、淮“勇营”不属于国家“经制军”，袁世凯的北洋新军从形式上似颇具“国家规范”，而实际上的私人控制却愈加强化，这在袁氏即使被罢在乡所谓“养疴”期间，仍能暗中控制其军队的事实就足以证明。

三大军政集团的相对特异性，这里主要言其三端：

一在军队新旧反差。相比之下湘军最为传统旧式，而淮军大进一步，主要是武器装备上的日趋“洋化”。及至袁世凯北洋新军，进而从“军制”的整体层面追求效法“西式”，技术层面的“现代化”色彩已较鲜明，淮军比之不及，湘军反差更大。

二在群体结构状况。湘军以“选士人领山农”为组织要则，淮军将领出身于“士人”的则要少得多，兵员成分也明显庞杂，唯“战”是取的实用功利性强。到袁世凯的北洋新军，选员因明显借鉴“西法”，官兵素质条件上愈发有“趋新”气象。再如要员关系方面，总体上湘系是“多头并立”，不但军多分支，而且要员中得以出任督抚、独据一方者人数众多，且有“喷发”式阶段。而淮系，则不但军队由李鸿章总揽的情况相对明显，而且其要员出任督抚者也要少得多（这一则因其未占先机，再则也受出身条件限制），实力地位上鲜有能与李鸿章抗衡者，其群体关系格局可以说是“众星拱月”。而到袁世凯，对其集团内部的控制就愈趋严密，他“实行‘兵为将有’，使自己成为‘本军之君’”，“寡头”色彩愈显浓重。

三在首领风貌特征。不妨就以三个集团各自最具代表性的人物曾国藩、李鸿章、袁世凯为例来看。曾国藩最为传统，浸润儒风，追求圣道，统兵理政也不弃学问。李鸿章尽管也是进士、翰林出身，但就专意带兵、理政，少受道学束缚，甚至不忌“痞”气，如有以“打痞子腔”“参用痞子手段”来应对洋人之语。即使日常气态、做派上，曾、李也大为不同。到袁世凯，于此更见其异。其人并非科举出身，比起曾、李他简直就是个“大老粗”，而这样一个人能够在军政界出道、腾达，与他非常的心计、权术、手段自然密不可分。

上述异同的造成，既基于客观时势条件，又取决主观人为因素。且异同之端并非能够绝对、截然地割裂，而是同中有异，异中有同。察识这种复杂的情状，自有助于整合性地体察其历史效应的发挥。

先就晚清军制变革的节点和轨迹而言。湘、淮军（所谓“勇营”）得以崛起，与作为清朝“经制军”八旗、绿营的腐败无能分不开，之后“练军”的出现（由湘系大员刘长佑在直隶创始）和推广，自是以“勇营”改造绿营的一途，而以湘、淮“勇营”作为“防军”存续，则可以说是进而为其实际走向“经制”放开的表现。如果说这还未能完全突破“旧制”的藩篱，那么，到袁世凯“新军”的编练，就无疑是一种“转型”的发轫。而这自然也不是完全“赤地新立”，离不开对湘、淮军（尤其是淮军）趋新发展所积留的有形、无形资源的借助，从这个意义上说，也自有其一脉相承性。

再从近代军阀的孕育过程来看。关于近代军阀的界定以及对它何时与如何形成的看法，学界观点不尽一致，认定其到民国代清后的袁世凯集团那里才告正式形成，而袁氏清末编练和发展新军，则为“北洋军阀的孕育阶段”，应该说比较合理。前后联系看来，在整个“孕育”过程的“段位”上，“湘”居初基，“淮”近一程，到“袁”则最终完成。而这，与其“西化”趋向扭曲绞合。

（《作家文摘》总第1830期）

洋务运动的金融短板

·王 巍·

19世纪60年代开启的洋务运动将中国的传统内生经济与当时全球的产业化直接对接，迅速填补了大机器生产体系和消费体系的空白。这期间，清朝政局相对稳定，曾国藩、张之洞、左宗棠和李鸿章几位强臣当政，太平天国被镇压，外国列强也忙于内部事务而与清政府保持密切的贸易往来，这便是所谓的“同治中兴”。当时中国的工业产值和经济总量都大大超过日本，以至于英国传媒将中国和俄罗斯视为未来的竞争对手。这也是甲午战争前多数国家包括中国甚至日本，都看好中国取胜的原因。

鸦片战争之后的金融结构

洋务运动主要指军事、工业、贸易和教育等方面的举措，对金融制度和近代金融机构与工具的引进很少涉及。当时中国的金融结构很简单，除了官府收支与拨付的资金系统外，只有票号与钱庄两种基本业态。前者于山西最盛，主要承担汇兑和机构存贷款功能，后者则更多专注于当地的商业存贷款活动。对于维持自然增长的商业活动勉为其难，对口岸开放后汹涌而来的洋货冲击和近代工业经营而言，票号和钱庄都没有资本积聚和大规模投资的能力和空间。

鸦片战争之后，从1845年至19世纪60年代，进入中国的外国银行的资本规模、管理方式和风险控制能力伴随产业资本向中国延伸而不断强大，将中国本土票号和钱庄挤压到边缘城镇和落后产业，苟延残喘。

针对金融市场的空间，担任过洋行买办的商人唐廷枢在1876年曾倡议在广州建立股份制的新式银行，李鸿章在1887年也批准了与美国人合办的华美银行，但遭到朝廷禁止。直到10年后的1897年，在官商盛宣怀手上终于办了第一家中国的股份制银行，即中国通商银行。相对于当时风起云涌的开矿、修路、造船、建水电等实业浪潮，一个银行的动议走了20年才修成正果，令人叹息。

中国洋务运动的同期，日本正在进行“明治维新”（1868—1889）。从倒幕战争到奉还大政于天皇，从迁都东京到建立内阁，全面引进西方近代工业技术和经济制度；统一货币，并于1882年设立日本银行；撤销工商业界的行会制度和垄断组织，推动工商业的发展（殖产兴业）；同时进行政治改革，制定宪法。日本的军国主义导向推动了军事能力的极大提升。

洋务运动依赖政府的强制拨付制度和民间的个人信用来承载近代的工业建设和产业布局。在政府财政濒临破产和民间钱庄、票号趋于崩溃的背景下，外资银行体系和买办制度就成为中国金融体系的中坚力量。中国的矿山、铁路、工厂、邮电、水厂等建设多是依靠外资银行提供的流动资金或发行的债券进行投资，甚至政府预算也要依靠发行外债来寅吃卯粮。

洋务运动未能启动金融改革的原因

洋务运动未能启动近代金融制度的一个重要因素是法律的障碍。欧洲早在17世纪就有了有限责任公司的商业惯例，英国在1856年颁布了公司法律，明确了有限责任的法律地位，这是现代公司进化的最为重要的基石。投资人的风险严格限制在出资额上，根本性地推动了现代资本的大规模积聚过程。在1904年清政府颁布《公司律》前，中国的金融机构如票号、钱庄等都以股东全部资产承担经营的无限责任。这就迫使金融机构尽可能股东分散化经营，将资本和经营范围严格控制在有限范围内。

有意思的是，洋务运动中形成的许多实业公司则是参考了洋行的股东结构，多采取股份公司的方式建立。李鸿章、张之洞、盛宣怀等建立的公司多是股份制，而且官股私享，经营者获得多重利益。不仅有股权分红，而且有商权分利，还有准入权、孝敬金等费用。这种利益独享、风险规避的特殊公司体系正是盛宣怀等官商得以大行其道甚至逼走洋人同行的不二法门。因此，以为洋务运动操刀者不懂金融实在是大谬，他们只是以手段获鸡鸣狗盗之利，拒制度求盘根错节之益。

晚清瘸腿的工业化

洋务运动始于清朝崩溃之际，外敌于前，欺辱于心，一时激起志士仁人的奋起，也鼓励能臣强将的搏击。各国列强之间的博弈，全球近代产业体系和市场的需求等给予了中国和日本一个宝贵的时段去变革。洋务运动和明治维新齐头并进，引进近代工业技术和设备，更新教育体系和官吏机构，导致了亚洲经济在全球市场的首次崛起。政治制度和文明观念领域的进退取舍，造成了中国、日本发展路径的差异，而金融观念、手段和机构发轫与否及其演化路径进一步加大了这个差距。

近代工业体系的一个重要推动力便是金融、观念、手段和机构。这是工业体系的内生因素。洋务运动搬来了可见的机器和技术，却没有学习金融观念和建立相应的制度，这是一种瘸腿的工业化。后人更多提及的是政治制度和文化观念的失败，这种评价有可能妨碍理解洋务运动的得失，更重要的是，使我们很难真正理解金融制度与产业、社会、政治等因素之间的内生关系。

（《作家文摘》总第1959期）

《晚清风云》（节选）

·果 迟·

郭嵩焘这是第二次来香港。

十二年前，奉旨出署广东巡抚的他兴致勃勃地由上海乘轮赴广东之任，途中曾光顾香港。那时的香港虽沦为殖民地已二十余年，但仍不脱苦恶荒岛余气，当轮船由鲤鱼门水道进入维多利亚湾时，两岸仍是渔村和苇荡，不时有水鸟从苇荡中惊起。不料才短短十余年，香港变化惊人，站在“大矾廓号”船首四望，港湾两边一大批洋楼拔地而起，远望其规模，无疑已焕然一新，前后对比能不令人目眩心跳、思绪万千？

下锚后，立即有一豪华游艇靠过来，使团翻译马格里低声告诉他，这是香港总督铿尔狄派麾下中军阿克那亨前来迎接公使大人。原来，郭嵩焘作为大英帝国女王陛下的客人，英国外相德尔庇在得知郭嵩焘一行即将动身时，便已行文沿途各英属殖民地总督，令对使团一行予以隆重接待。

……使团一行被邀至港督府做客，又去参观香港大学堂。

港督铿尔狄亲自上船回拜郭嵩焘，郭嵩焘在“大矾廓号”甲板上设便宴招待铿尔狄，宴后铿尔狄又邀请他们去参观监狱。

在中国的圣贤著作中，有“礼施未然之先，法治已然之后”一说，自古至今教育和法治是治国安邦的两大法宝。既然监狱是法治的工具，看了学校岂有不看监狱之理。于是下午他们又上岸，由香港司法长官、按察司史美尔斯陪同去看监狱。

其实，此刻郭嵩焘心情较矛盾——他曾在任地方官时多次视察过监狱。几千年来的中国狱政，暗无天日，绝无人道可言。郭嵩焘想，中国行孔孟之道，尚有如此人间地狱，洋人治下的香港监狱，只怕更令人发指呢。想到这里，他有些犹豫，但副使刘锡鸿却兴趣盎然，坚持要去。

其实刘锡鸿内心想的却正是这“令人发指”——昨天参观学校，看到了洋人用药水浸泡尸体，正使受马格里、张德彝的诱惑，竟然不予抗议，他心中未免生气。他想洋人的监狱只怕比那个陈列室更为恐怖呢，去看看也可让大家清醒清醒。

于是，因副使的坚持，他们终于去了。

香港监狱外面虽高墙耸立，警备森严，但进到里间却像是幢兵营——四合院式的建筑，分三层，中间建有狱政公厅和碉楼，四角建有岗亭，布局严谨；牢房像鸽子笼似的一间间，但每间房子都能见到阳光，犯人一律着白色囚衣，上面有编号；牢房门前虽设有铁栅、扃钥，但房中有木榻如人数，每号约七八人，衾褥、巾帚、盘盂毕具，且摆放整齐划一。细细审视犯人面目，华人之外，有皮肤较黑的吕宋人、印度人，也有高鼻深眼窝的白种人，箕踞而坐的是少数老弱，年轻力壮的则在劳作。他们或织毯，或手工敲打白铁用具，还有的在搬运石头。

据史美尔斯介绍，运石头的多为重刑犯，因拘禁太久，易生疾病，故以强劳动增其体力；织毡子之类的其罪较轻，为使他们出狱后谋得一份职业，故在狱中促其习艺，盖香港有类似的工厂需要大量的工人也。

史美尔斯领着使团边走边看边介绍，刘锡鸿眼看牢房将尽仍未看到他希望看到的东西，不由失望，乃问道："犯人坐牢，可是由家人送饭?"

史美尔斯说："不，监狱有饭堂，统一供饭!"

说着便带他们去参观饭堂。原来犯人日食两餐，此时已是开饭时候了，只见伙房有十几人正为犯人配食，犯人排成长队，每人手上各持一洋瓷碗，大约是下面装饭，上面盖菜，小鱼四尾，蔬菜一勺，虽不是精心烹调出来的，但是可下饭。看到这里，使团中人殊不可解，姚若望说："这等饭食，内地小康人家也不过如此呀。"

刘锡鸿更是不屑地说："犯人生活如此优越，谁还会害怕拘禁?"史美尔斯不知刘锡鸿大声说什么，乃问张德彝，张德彝把刘锡鸿的话译为"宽容放纵，犯人无以畏法"。

史美尔斯连连摇头说："不然，犯人在狱中虽无饥冻之苦，但怎能与自由人比呢？自由可是最最重要的。"

刘锡鸿却不以为然，他说："自由算什么，衣食才是第一的。在我们大清国，有人为不愁衣食而自愿卖身投靠豪门的，只要有人供养便可任人驱使斥喝。"

张德彝觉得这话不得体——不但贬低了国人，且示贱于外人。正斟酌其词，欲使之婉转，不想一边的马格里马上直译了。史美尔斯不由微笑着摇头，不再说话。

正走走停停，纷纷其说间，郭嵩焘内急，乃低声问张德彝，欲寻方便处。张德彝环视左右，见墙角有标识，乃领正使走进一间房子，此房紧挨狱政办公楼，墙壁雪白，地下铺了木板，郭嵩焘还以为这是穿堂，厕所应在后面。不料进门便望见一溜洁白的小便池和一排排的蹲位，便池边上，有水龙头在不停地喷清水，这分明是大小便之处，怎么闻不见半点秽气呢？他不由惊讶不已。

张德彝此时也要解手了，他不顾公使尚在犹豫，便对着小便池扯开小衣倾泻而下。郭嵩焘踌躇再三才跟着小解，事毕出来，他倍增感慨。

直到这时，他才发现此监狱尚有一处是内地监狱万不能及的地方，这就是洁净。国内的牢房，幽深潮湿，看不到阳光，就是京师刑部大牢，有时难免要幽系亲王、大臣的地方，也好不到哪里去。前年春夏间北京一连下了几场大雨，刑部牢房全浸泡在水中，京师因有“水淹三法司”之说。因为潮湿，见不到阳光，犯人又没有条件洗澡，所以，一进牢房，首先便是秽气难闻，郭嵩焘每次视察监狱都是掩鼻而过。这样的环境，一旦染上疾病，便常有“发牢瘟”的事发生，犯人成批死亡。传统的陋习，犯人死于牢中不能从正门抬出，必从边上门洞中拖出，谓之“拖牢眼”。“拖牢眼”因而成为世人诅咒仇敌无好下场的常用词。

至于厕所，则更不可同日而语了，可以说香港监狱的厕所，比京师紫禁城的厕所更讲究。郭嵩焘任职南书房行走三年，每逢轮值不是进宫便是去西郊圆明园，皇宫的排污处虽略干净些，但苍蝇和秽气则与民间无异，两下对比，能不令人喟然兴叹？

回到船上吃过晚饭，他在船头看海。此时太阳落水了，但西方的天空仍红霞一片，就像一幅巨大的红色帷幔展开在眼帘，映得海水也是一片红，帷幔上两朵白云镶着红边，又像一只彩色的凤凰在追赶落日。可惜这景象仅持续一刻便消失了，回头看，越往东越是暮气沉沉，迷茫一片。

……《石湖居士诗集》作者为南宋诗人范成大。当年范成大奉旨出使金国，曾写下著名的《使金七十二绝句》，述说沿途见闻。在范成大的笔下，沦陷区铜驼荆棘，一片荒凉。中原父老翘首以待王师，所谓“州桥南北是天街，父老年年等驾回。忍泪失声问使者：几时真有六军来？”

这沉痛的诗句令多少血性男儿击节长歌，慨叹欲绝？

眼下，郭嵩焘不明白自己在出国前收检行装时，为什么在堆积如山的藏书中捡出这部诗集带上，是身份相似欲借古人之杯酒浇自己胸中之块垒吗？他一时说不清楚。然而，香港也是沦陷区啊！它被割让卅余年，这是国耻之始。可眼下香港却由一边陲苦恶荒岛变成了东方一大都会，民人安居，秩序井然，街市繁荣，商业兴旺，更看不到范成大笔下沦陷区人民生活在铁蹄统治下，妻离子散、啼饥号寒的惨景。因此之故，这两天的游历，让他这个来自“天朝上国”的公使，面上却无法掩盖那一份尴尬……

（《作家文摘》总第1924期）

维新派的黄昏

·雪 珥·

戊戌变法失败后，康有为去了日本，从此开始16年的流亡岁月。他自称身上带有光绪帝给他的衣带诏，内容曾在上海的《新闻报》《字林西报》及《台湾日日新报》等报纸上发表过。他在日本拒绝见孙中山，理由就是自己负有衣带诏，不便与革命党人接触。

事实上，确有一份密诏，但并没有提到康有为的名字，也不是写给他的。1898年9月18日，光绪帝已感到岌岌可危，命戊戌六君子之一杨锐带出衣带密诏。当天，康有为就看到了抄件，不是原件。光绪帝给杨锐等人的密诏原文很长，不像康有为公布的那份简练。之后康有为在海外多年号召华侨和留学生参加保皇事业的“密诏”，是他修改过的伪诏。

康有为以为杨锐死后已无对证，有恃无恐。他不知杨锐将密诏的原本交给了自己儿子。1909年光绪帝和慈禧太后死后，杨锐的儿子杨庆昶缴还了密诏，据说这封密诏是当年缝在杨锐的寿衣内，随棺材偷运回了四川老家。杨庆昶将这份密诏交给了中央都察院，转呈光绪帝的弟弟摄政王载沣，从此密诏的真相大白于世。但是直到今天，很多人还以为康有为手里拿的是真的密诏。

两个不同版本的衣带密诏一比较，可以看出最关键的有两处：一是康版密诏说光绪帝交给杨锐的密诏是给康本人的；二是康版密诏要康等“设法相救”；而后出现的这份密诏虽然着急，却是要他们想办法既不得罪太后，又能使变法继续下去。所以要他们把办法交军机大臣。一个是呼救，一个是问计。后面这份密诏不仅洗刷了光绪帝不惜采用雷霆手段对付慈禧的嫌疑，也令康有为在海外借“密诏”号召民意、聚集徒众、募集款项乃至四处猎艳的行为曝光。

令康有为郁闷的是：大清国新的领导核心，似乎对这么重大的历史见证并不在意，没有因此掀起一场狠揭猛批康有为虚假面貌的宣传战。

在对付康有为的问题上，上一任领导核心理应传授给载沣的一个重大经验及教训就是：敌人往往是自己制造出来，并且自己将他养肥的。已经为中外史学界公认的是，康有为无论是作为改革者还是反叛者的分量，都是被大大地夸大了的。戊戌年间其出逃海外后，无论日本人和英国人都认为此人大言不惭，作用有限。

康有为后来的崇高地位，首先与其坚毅固执的性格有关。据梁启超说，当年康七次上书，“举国俗流非笑之，唾骂之。或谓为热中，或斥为病狂，先生若为不闻也者，无所于挠，锲而不舍”。康在其一生中，的确表现出“虽万千人吾往矣”的精神。

“自身努力”之外，康的地位也有一大半来自大清国的赐予。戊戌政变之后，当权者对康梁等人进行舆论围剿。但是，大清国的民意却总喜欢和官方的口径拧着看问题，官方批判力度越大，被批判的就越有市场。六君子的鲜血未必染红了“保守派”的顶子（他们自认为无非是“防守反击”而已），却帮助康梁师徒成了国际名人。

政治上从来就只有永远的利益，而没有永远的朋友或敌人。史料表明，大清国那些活跃在海外的“持不同政见者”，无论保皇党还是革命党，都从来没有间断过与大清朝廷的私下接触和利益谈判。1906年，康有为乐观地认为他的第二次政治青春期来临了。这一年，大清国终于解冻了戊戌政变后被冷藏了8年的政治体制改革，宣布“仿行宪政”，而在这一进程中起到关键作用的，就是梁启超为大清国出访欧美的政治考察团代笔的《考察各国宪政报告》。就在朝廷宣布政改的同一天（9月1日），康有为于一年多前派遣回国潜伏、执行刺杀慈禧任务的梁尔煦，于被捕一个月后在狱中被悄悄鸩杀，“朝廷”与“叛逆”在这件事上心照不宣，不事声张。康梁庆幸，此事“于吾党前途无甚窒碍”。

康有为开始频频向北京发送秋波。保皇会被改名为国民宪政会（后正式定名为“帝国宪政会”），康有为提出了“上崇皇室、下扩民权”的政纲，并且计划邀请载沣担任这个宪政会的总裁。康有为郑重地向清政府请求为宪政会立案登记，似乎浑然忘记了不久前还派遣刺客对国家领导人实行恐怖攻击。

大清国新一代领导核心则“坐怀不乱”：一方面，在宪政改革和经济建设中，对作为政治势力的保皇党（宪政会），求同存异，将大量有保皇背景的海外华侨纳入统战的范围；另一方面，对康有为本人则采取了“两不”政策：不攻击、不亲近，归根到底就是“不接你的茬”。这样的政策导向，加剧了保皇党内部的分离倾向。

康有为最亲密的学生兼战友梁启超，因与康在诸多方面的相互不满，而最终与康分道扬镳，彻底撕裂了保皇党。

（《作家文摘》总第1252期）

1905年科举停废前后

·戴鞍钢·

传统中国，自隋唐以后，通过科举考试进入官场，是无数士子梦寐以求的人生目标。直到距今100多年前的1905年，这种延续千余年的科举制度才告最后终结。

引人注目的是，令无数人魂牵梦绕，且直接关乎其个人、家庭、家族、宗族等可能获取诸多利益的人生捷径，被明确宣布停废时，并没有发生太大的社会波动或骚乱，这也可说是清末新政诸多改革举措中的亮点。

废科举的前奏："新政"的出台

世界刚步入20世纪，中华民族正陷于空前的危机和灾难的深渊。1900年8月14日八国联军攻入北京，慈禧于次日凌晨携光绪帝仓皇逃往西安。1901年1月29日，惊魂未定、刚在西安驻足的西太后就以光绪皇帝的名义颁布了一道"变法"的诏令，宣布在国家制度层面实施改革，以求渡过难关，维持清朝的统治，史称清末"新政”。其间，就有举国瞩目的废科举的举措。

清朝科举考试的试题仍摘自“四书五经”，即《大学》《中庸》《论语》《孟子》和“易、书、诗、礼、春秋”等儒家经典。凡应试文，均要合破题、承题、起讲、入手、起股、中股、后股、束股八个部分。破题用两句说破题意；承题指承接破题而阐明之；起讲是议论之始；入手为起讲后入手之处；以下四个段落即起股、中股、后股和束股，是议论的主体，每段都有两股排比对偶的文字，共八股。这种有规定程式的文章，人称“八股文”。

科举考试是三年一科，分四级。第一级是“院试”，参加者是经过县、府两级预备考试录取的童生，考中者为“秀才”。第二级是“乡试”，次年在各省城（包括京城）举行，故又称“省试”，参加者为秀才，考中者称“举人”，其中各省第一名举人称为“解元”。第三年是“会试”，秋季在京城礼部举行，参加者为各省的举人，考中者称“贡士”，其中第一名贡士称“会元”。凡贡士均参加来年春天的第四级考试即“殿试”，由皇帝亲自在宫殿（通常是保和殿）上主持，试题有关国是，应考者针对考题提出对策，称作“策论”。殿试一般不会再有淘汰，只是经殿试后，称为“进士”，名次重新排列。殿试的结果，要在两三天后揭晓，前三名依次称为状元、榜眼、探花。

据统计，清代的高级官员不少出身于进士，但所占比例不足一半，这是因为清代官制以满人为主体，实行满汉双轨制，满人入仕照例不用科举。

新政诏令颁布后，有识之士已认识到废科举、办学堂以培养新政所需人才势在必行，如后来出任京师大学堂总教习的吴汝纶所言：“教育与政治有密切关系，非请停科举则学校难成。”

先办学堂，后废科举

新政的推行，需要相应的大批新式人才，在宣布废科举前，设立新的学制被提上议事日程。1901年9月清廷颁旨："著各省所有书院，于省城均改设大学堂，各府及直隶州均改设中学堂，各州县均改设小学堂，并多设蒙养学堂。其教法当以四书五经纲常大义为主，以历代史鉴及中外政治艺学为辅。"同年12月又颁布学堂选举鼓励章程，规定大学堂毕业生考试合格者可得举人、进士等出身，"量加擢用，因材器使，优予官阶"。传统的教育制度因此发生重大变革。

1902年，清朝政府拟定颁布了《钦定学堂章程》，又称"壬寅学制"。它将学校分为7级，修业年限共计20年，从蒙学堂起始，依次为寻常小学堂、高等小学堂（另含简易实业学堂）、中学堂（另含中等实业学堂）、高等学堂及大学预备科（另含高等实业学堂）、大学堂、大学院，此外还有师范学堂和高等教育性质的师范馆、仕学馆，这是中国首次颁布的较完备的近代学制系统。它几乎照搬了明治三十三年（1900）的日本学制，但删除了女子教育，学制的年限增加了两年。同年12月17日，因庚子事变停办两年的京师大学堂（今北京大学的前身）复校开学。

1902年7月，山西巡抚岑春煊奏准，将原有的一所学堂并入由英国传教士李提摩太主办的山西大学堂，"作为西学专斋"。就连北京城里的八旗子弟，也开始接受新式教育。1901年底，有28名八旗官费生被选送到日本留学。次年，国子监所属的八旗官学，奉命改为八旗第一至第八高等小学堂。它们"专收宗室觉罗满洲蒙古汉军旗籍子弟读书，其他汉族人绝对不收”。1903年6月18日《大公报》亦载：“自城内设中小学堂以来，八旗子弟多就学焉。日前在东单牌楼某胡同，见壁上有白土画成地球形并经纬道，且书其名于上，此必童子之游戏所画，然亦可见北京之输入文明矣。”

当时在上海主持商务印书馆的张元济，敏锐地抓住这个时机，延聘高梦旦、蒋维乔、杜亚泉、庄俞、伍光建等人，率先按照新颁学制陆续编成一套较齐全的“最新教科书”。这套书分初小、高小和中学三类。初小教科书，包括国文、格致、算术、笔算、珠算、地理、修身等7种；高小教科书，包括国文、历史、地理、算术、农业、商业等9种；中学教科书，有13种；另有师范学堂、高等学堂、实业学堂用书数十种，以及教授法、英文初范、铅毛笔画帖等数十种，基本上包罗了“癸卯学制”规定的各类新式学堂教学用书。

为了督促检查各地的新式教育，还建立了从中央到地方的三级视学制度。通过指导、监督各属学堂的教学和管理，推动各地的新式教育。

与此同时，清朝政府还鼓励出洋留学，要求各省督抚选派学生出洋游学，并许诺对学成回国的留学生经考试合格，予以任用；对自费出洋留学者，规定也给予鼓励。1901年9月27日，新政伊始，清廷就宣布鼓励公费或自费出国留学，学成回国，经考试合格，也可得功名。

废科举的争议

1901年主持“新政”的督办政务处设立后，军机处原有四位大臣即荣禄、王文韶、鹿传霖和瞿鸿禨同时兼任督办政务处大臣。上述四人中，荣禄、王文韶、鹿传霖三人都反对废科举，只有瞿鸿禨一人赞成，孤掌难鸣。荣禄去世后，王文韶成为反对科举改革的领头羊。为换得他的让步，主张废科举的直隶总督袁世凯、湖广总督张之洞等人也作了妥协，提议先递减科举中额，再停废科举。由于事前已有沟通，1904 年 1 月 13 日，张之洞、张百熙、荣庆等人奏准递减科举中额，从而为最终停废科举打开了缺口。

但此事的反对者仍大有人在，不久京城竟有人提议修复专门用于科举考试的贡院。正当科举改革进程有可能出现逆转之时，新政中枢机构的人事变动又使事态的发展“峰回路转”。1905 年 6 月 30 日，清廷以体恤王文韶年迈体弱为由，免去其军机大臣一职。王文韶的出局，在新政中枢机构中扫除了反对科举改革的障碍。

在科举制度明令废止前，一些家长和学生仍对科举中仕抱有期望，直到科举停废才作罢。陈布雷忆述，1903 年 14 岁的他奉“父命应童子试，心不愿而不敢违”。初试失利，又去应府试，名列第一，“父始色霁”（《陈布雷回忆录》，第 21 页）。蒋梦麟自述：“为求万全，我仍旧准备参加科举考试。除了革命，科举似乎仍旧是参加政府工作的不二途径。”他也如愿考上了秀才。他的父亲和亲友们都为他考上了秀才而兴奋不已，都希望他从此有远大的前程，“能一步一步由秀才而举人，由举人而进士，光大门楣，荣及乡里，甚至使祖先在天之灵也感到欣慰”。但蒋梦麟自己则另有打算，已不再满足于已接受的新知新学，“渴望找个更理想、更西化的学校”，更多地去充实自己。不久，他就“趁小火轮沿运河到了上海，参加上海南洋公学的入学考试，结果幸被录取”。他记得很清楚，“那是 1904 年的事”。科举停废后，天地更广阔，1908 年他回到杭州“参加浙江省官费留美考试，结果被录取”。从此，他步入新的人生历程。

令人不无惊讶的是，这样一种延续已久且又直接关联无数人切身利益的科举取士制度的废除，在当时并没有引起太大的社会风波或骚乱，而是能够较平稳地实施。其主要原因，除了当时人们对科举考试内容和形式的陈腐渐成共识，还在于科举废除是一个渐进的过程，其间还适时推出了一些相应的补救措施。这些举措明显考虑了一旦废除科举后社会的承受度，并给那些因科举废除而肯定大为沮丧的人群，预先设计和提供了可以选择的其他出人头地的途径，最大可能减轻其对制度变革的抵触情绪或激烈乃至极端的举动。这些用意和举措，无疑收到了实效。

（《作家文摘》总第1883期）

许景澄：被慈禧斩杀的晚清外交家

·王残阳·

光绪二十六年七月初四，也就是1900年7月29日，八国联军步步逼近的北京城，一片喧哗纷乱。两个身着官服的人被五花大绑，一路押解到菜市口临时搭建起来的刑场。眼看着有砍人的活剧可以观看，众人马上上前围观，“杀死卖国贼”的呼喊声响成一片。一名囚犯看着陷入狂热的民众，仰天长叹“愚昧误国!”回答他的，却是围观人群的哄笑和嘲讽声。随着监斩官一声令下，两颗人头落地。

这位长叹“愚昧误国”的就是总理衙门大臣、晚清著名外交家许景澄。

与虎谋皮的外交斗士

许景澄于1845年出生于浙江嘉兴，1868年，他中进士，选庶吉士，授翰林院编修。其从政之初，正值洋务运动勃然兴起之时，许景澄广泛借鉴西方先进思想，提出“尔后国家大势必重邦交”主张。他关于中俄伊犁问题谈判等国际事务的独到见解，引起了时任总理衙门大臣文祥的关注，多次将他作为堪任驻外使节的人才进行推荐。

1880年，一个很好的机会出现在许景澄的面前，文祥推荐他出使日本。可惜的是，当时他父亲去世，须丁忧守制而未能成行。1884年，许景澄丁忧结束，出使法、德、意、荷、奥五国，由此拉开了其外交生涯的帷幕。第二年，他又兼任驻比利时公使，成为赫赫有名的“六国公使”。

1887年，因为母亲去世，许景澄丁忧回国。3年后，他再度出使俄、德、奥、荷四国大臣，迁为内阁学士。很快，十分棘手的中俄帕米尔冲突摆在了他的面前。

帕米尔自古以来就是中国的领土，但1891年夏天，俄国打着“游猎”的旗号，派出哥萨克侦察队深入帕米尔，侦察地形地貌，四处树立界桩。在许景澄抗议下，俄军被迫撤兵。

第二年6月，俄国先是以撤军作为中俄勘界的前提条件，逼迫清军从帕米尔撤军，随后迅速派出俄军进占帕米尔，破坏清军哨所等设施，侵占了中国萨雷阔勒岭以西两万多平方公里的土地，双方军队沿岭对峙。许景澄多次赴俄国外交部进行抗议，痛陈俄国越界、侵权、违约的事实，但俄国自恃占据武力优势，始终以各种理由拖延，拒绝从帕米尔退兵。在这种情况下，许景澄更加深刻地认识到，光靠嘴皮子根本无法解决边境问题，必须“辩论与兵力每相须而行”，提出了“出扎守边”的对策，建议清政府在边境上调兵遣将，严加戒备，及时回击俄军的越界行为。

1895年，中日《马关条约》签署后，为减轻中国的损失，许景澄积极协调，邀请俄国联合法国、德国，胁迫日本归还辽东半岛，此即著名的“三国干涉还辽”事件。期间，他还奉命处置俄国强逼清廷借款的咄咄怪事。原来，根据《马关条约》，中国须支付日本两亿两白银的战争赔款，准备从英国借款。俄国自恃主导“三国干涉还辽”有功，逼迫清政府改从俄国借款四亿法郎（约合白银一亿两），以中国海关作保，以此进一步扩大在华利益。在双方的交涉过程中，许景澄多次与俄国当局据理力争，回绝了部分不合理诉求，并将借款利息由五厘降低至四厘，为清政府挽回了部分损失。

许景澄在筹办东清铁路过程中，坚决回绝了俄国提出的将铁路向南改线、趁机多侵占中国领土的企图。而且颇令俄方人员意外和敬佩的是，他不收俄方提供的兼职俸禄，每年1.5万两白银的办公经费也只开支电报费等少量费用，其余上交总理衙门，其中一部分用于创办俄文铁路学堂，为国家培养铁路人才。当时担任俄国财政大臣的威特，在其回忆录中对许景澄的高风亮节大加赞赏。

触犯凤颜的死谏忠臣

1898年，光绪皇帝发起变法维新运动，被慈禧太后镇压。此后，慈禧产生了废除光绪帝、重新立储的想法，但遭到了西方各国驻华公使的联合反对，因而并未付诸行动。后来，在华北地区蓬勃发展的义和团运动，让慈禧产生了借助他们的力量来对抗西方的想法。1900年，在端王载漪、大学士徐桐、协办大学士刚毅等顽固派的支持怂恿下，义和团打着“扶清灭洋”的旗号，向北京和天津进军，进一步激发了中外矛盾。

西方各国多次要求清政府镇压义和团运动，但并未得到清政府的回应。于是，1900年5月28日，英、美、法、德、俄、日、奥、意八国在各国驻华公使会议上，正式决定联合出兵镇压义和团。

眼看着列强的脚步越来越近，从6月16日开始，惊慌失措的慈禧连续召开4次御前会议，商议对策。会上，主战派主张怂恿义和团进攻使馆，并向西方列强宣战。而以总理衙门大臣许景澄、太常寺卿袁昶为代表的主和派，则提出中国国力孱弱，难以与列强联军对抗。他们坚决反对攻使馆、杀使臣，认为这一举动“中外皆无成案”，必将导致生灵涂炭的悲惨境地。焦急万分的光绪，情急之下走下御座，拉着许景澄的手哭泣问计，结果恼怒了慈禧，当场严词训斥：“许景澄不得无礼！”

对义和团“法术”抱有幻想的慈禧，丝毫没有听进许景澄的建议。6月19日，慈禧要求许景澄给各国使馆送交照会，让他们限期出京。20日，德国驻华公使克林德前往总理衙门交涉，路上被清军神机营射杀，进一步恶化了事态。21日，清政府发出一道没有点出任何国家名字的宣战书，决议与西方列强“一决雌雄”。22日，慈禧还命人贴出奖赏生擒洋人的告示。受到极大鼓舞的义和团，发起了对东交民巷使馆区和西什库法国天主教堂的进攻，但久攻不下，迟迟未取得进展。

7月中旬，八国联军攻陷天津。眼看着形势越来越严峻，许景澄、袁昶冒死联名上奏《请保护使馆折》《请严惩祸首折》，提出倚仗义和团攻打使馆，“于千古之奇事，必酿成千古之奇灾”。他俩死谏清廷保护使馆、镇压拳民，以此避免“九庙震惊，兆民涂炭”的惨剧。为达这一目标，他们甘愿被诛，“臣等虽死，当含笑入地”。

就在这时，许、袁两人写给上海铁路督办盛宣怀和两江总督刘坤一的两封亲笔信，被载漪截获。信中，许景澄以悲愤的语气，痛陈慈禧、载漪倚仗义和团民进攻使馆、祸国殃民的罪行。载漪看后气愤不已，着人上奏弹劾许、袁，慈禧当即批准捕杀二人。

7月28日一早，许景澄穿戴好官服，准备前往总理衙门，却被庆亲王奕劻以急事相邀的名义骗去了提督府，就此同袁昶一同关押。第二天，两人被斩杀于菜市口，出现了文章开始的那一幕。慈禧为掩人耳目，待两人死后才罗列了罪名：“许、袁二人其罪在声名恶劣，平日办理洋务，各存私心。每遇召见时，任意妄奏，莠言乱政，且语多离间，有不忍言者。”

许、袁二人的死，引发了当时内外人士的高度关注。有人议论说，两人作为处理外务的大臣，绝不是朝廷的权力中枢，却敢于仗义执言，堪称“举国皆狂卿独醒”。晚清重臣李鸿章则认为，“许、袁逮治，令人寒心”。他们与同一时期被杀的兵部尚书徐用仪、兵部尚书立山、内阁学士兼礼部侍郎衔联元，合称“庚子被祸五大臣”。

令人意想不到的是，着力主张为许景澄等人平反的，却是攻破北京城的西方列强。1901年签署的《辛丑条约》，第二款第一条就明文写道：“（五大臣）因上年力驳殊悖诸国义法极恶之罪被害，于西历本年二月十三日，即中历上年十二月二十五日，奉上谕开原复官，以示昭雪。”当年，许景澄的灵柩被送回浙江安葬，路上出现了万众瞻仰的动人场面。

8年后，清政府追谥许景澄文肃，与同期被害的袁昶、徐用仪并称“三忠”，并在杭州西湖建“三忠祠”加以纪念。

（《作家文摘》总第1955期）

清朝洋关的反腐秘笈

·杨智友·

清政府的洋雇员

晚清政府考虑到外国人比大清官员更了解国际法，也较之清政府官员清廉，便拟定海关总税务司一职由外国人担任。这一由外籍税务司系统所控制的特殊机构，被形象地称为“洋关”。英国人赫德就是管理“洋关”的最高首长。

赫德居住在北京总税务司邸的一座四合院内。其实他完全可以像那些驻京的英国外交官员一样，住在舒适的英式洋房里。但他牢记自己的身份，时刻提醒自己是清政府的雇员。赫德经常对雇员们说，我们必须时时谨记海关税务司署是中国衙门，不是洋人机构。

但这座四合院恐怕在全北京都独一无二，因为大清海关驻伦敦办事处主任金登干给赫德“海淘”了一个洋玩意儿——抽水马桶。

不知是否有意安排，赫德居住的四合院所在的勾阑胡同和顶头上司恭亲王王府所在的柳荫街相距不远，所以，除了到总理各国事务衙门公干，王府也是赫德经常登门拜访的地方。每次离开，他都忘不了恭亲王眼神里的期许。无疑，对到处弥漫着腐朽气息的晚清政府来说，新型海关就像从外部世界吹来的一阵清风。

在“伯乐”恭亲王奕訢看来，那些贪腐成癖的“自己人”实在不靠谱，把海关交给“虽系外国人，尚属驯顺”的赫德打理，放心。

让赫德忘不了的，还有那次规格很高的饭局，就在那道山西名菜糖醋鲤鱼端上桌时，恭亲王意味深长地说起了一个出自《后汉书》的典故。

东汉南阳太守羊续为官清廉，在拒腐方面很有一套。一天，羊续的属下府丞焦俭见羊太守过于清苦，便给他送了条活鲤鱼。羊续无奈之下，只好暂且收下，等焦俭一走便叫人把鲤鱼挂在府邸屋檐下，没过几天，风吹日晒就成了一条枯鱼干。直到有一天，焦俭又笑嘻嘻地拎着更大的活鲤鱼来拜访羊续。羊续不说话，只是笑着指指那条悬挂着的枯鱼干。领悟到长官的一片苦心，焦俭红着脸，收起鱼退了出去。这件事传出去后，再也没人敢给他送礼了。

“羊续悬鱼”的故事赫德还是第一次听说，但他立刻就明白了恭亲王的深意。为报答恭亲王的知遇之恩，赫德曾许下诺言，要在林林总总的大清衙门中，保证“海关税司一枝独清”。

海关税司一枝独清

赫德的表现没有让恭亲王失望。不和别的衙门比，就拿海关自身来说，由他管理的“洋关”（即“新关”）比清政府官员主管的“常关”（即“旧关”）要好太多！前者负责外轮货物的稽查征税，工作效率高，不论是“洋员”或“华员”，都能清廉自守；后者管理国内民船贸易，则懒散草率，贪腐连连。

从康熙二十四年（1685）开放海禁起，海关就是清廷的“肥缺”，名目繁多、花样翻新的贪腐案件层出不穷。为什么赫德上任后，就能杜绝舞弊呢？

同样是送鱼，在赫德铁腕治下的“洋关”，有着怎样的遭际呢？

那是闽海关的一位外班关员，午夜交班后提着一条鲜鱼回家，被查岗的外籍副监察长半路撞见。洋监察立即询问鲜鱼的来历，最后查实，这条鱼来自报关人员的馈赠。洋监察长在逐级呈报后，根据规章制度将这个人清理出海关，永不录用。

实行高薪养廉制

清代官员的俸禄一直是相对偏低的。早在康熙年间，御史赵憬就曾上奏：“计每月支俸三两零，一家一日，粗食安饱，兼喂马匹，亦得费银五六钱。一月俸不足五六日之费，尚有二十余日将忍饥不食乎？不取之百姓，势必饥寒。”这导致清代公务人员的薪水只能是点缀，加上送礼之风日盛，除了“三节两寿”（“三节”指春节、端午和中秋，“两寿”指官员和官员夫人的生日），更是创造出告别送别敬、冬天送炭敬和夏天送冰敬，不胜枚举，营私舞弊、贪污受贿便成了潜规则。有位低级京官叫李慈铭的日记表明，“从1863年到1888年，他的全部收入有将近一半来自馈赠”。

这一切，赫德都了然于胸。对于如何才能让手下人安心为海关工作，他引进了英国文官制度。

对关员的薪酬，赫德实行了与清政府完全不同的高薪养廉制。海关内外班职员的薪酬十分丰厚。以外班关员为例，尽管外班相对内班地位较低，但在这个系列里最低一等的钤子手（即验货员），每年薪俸也有600两，而做到最高层级的超等验估，每年的薪俸高达2400两。其时，一位当朝六品官员的年薪也不过500两左右。而且，海关工作稳定，待遇优厚，只要遵守制度不出岔子，就可定期升级加薪。关员告老还乡时，还可一次性领取相当于10年薪俸的退休金，这也是其他衙门没有的福利。当然，享受了高福利，就必须严格遵守海关规章。如果发现谁不检点，一旦上报税务司，必然一查到底，绝不手软。所以，各级海关人员几乎没人敢贪的。

“要有100个赫德就好了”

与“常关”一向的任人唯亲不同，赫德管理下的海关，在全球范围内公开招考。每一个新人的录用都慎之又慎，录用按考试成绩和有无发展前途的次序。赫德多次发话：“不够格的一个也不要，就是总税务司的儿子也不例外。”

其中一次考验来自他的广州牧师朋友。牧师希望赫德能够为其儿子乔治·俾士安排一个职位。赫德虽然碍于朋友的面子不好推辞，但他要求小俾士到清海关伦敦办事处报名参加考试。赫德也的确把乔治·俾士的名字列在寄给金登干的推荐报考名单之中，同时他也捎去了一张字条。不过，这字条上面赫然写道：“谁不符合我们的条件，就不录用。”结果，这名在伦敦大学深造过的毕业生不幸落榜了。可是，更多的出自哈佛大学、耶鲁大学、牛津大学、剑桥大学的高才生却被赫德招致麾下。

赫德之所以这样做，除了个人修养，也有外在因素：一是清廷绝不允许他犯错；二是英国政府视海关为对华关系的基石，他的任何贪腐行为都会有损祖国利益；三是俄、法、德等国对海关总税务司宝座虎视眈眈，就等着他出丑闻，“彼可取而代之”。于是，赫德务必要遵守他亲手制定的一项项规章制度，以至于恭亲王奕訢不禁感叹：“要是我们有100个赫德就好了！”

1899年，清海关税收达到了3000万两白银，这是赫德入主海关时的600万两白银的5倍，几乎占了清政府财政收入的三分之一。而在这漫长的36年中，整个海关所发生的贪腐案，不超过5起。

（《作家文摘》总第1825期）

康有为：谋国不成，谋家有成

·余世存·

谋生本领不弱

康有为出身于封建官僚家庭，但家境并不富裕。人们称他为康南海，但他家在广东南海县丹灶苏村只有一套80来平方米的房产，据说康南海30多岁前多半生活在这一厅两廊两室的房子里。40岁前，他在广州花埭买地建了一套别墅，连同曾祖父在广州购置的“云衢书屋”，算是在大城市有了两处房产。

跟很多传统文人不同，康有为走了一条特立独行的道路。一般文人不敢脱离体制，但康有为无所谓。这跟他的家境或学殖有关，即他出身于破落官僚家庭，不富，但也不像寒门士子那样热衷于体制的功名，这样家庭出来的子弟反倒最具革命精神。21岁时，康南海开始接触西方文化，也是一个既不会膜拜又不尽弃之的年龄，这注定了他头脑中的中西学问要碰撞，要改造。33岁时，他在广州租了一处房子，创办“万木草堂”，开始聚徒讲学，宣传改良变法思想。6年后，他在花埭买地盖房。人们说康南海空疏，其实他的谋生本领不算差。

流亡生涯聚财无数

40岁时，康有为开始了流亡生涯，他的家产被抄没了。他得以避免谭嗣同等人流血的命运，得益于光绪皇帝的保护。经过“十一次死里逃生”，康有为到了加拿大，他的演说才能在华侨面前发挥得淋漓尽致。华侨们深知，祖国要强大，必须要变法。康有为抓住了机会，他是华人社会变法的勇士、领袖，他说到光绪皇帝的遭遇让人同情不已：“（皇上）所（索）鸡粥而不得……”他说到西太后的专制令人切齿：“三十年来之积弱，我四百兆同胞兄弟之涂炭，皆由西后一人不愿变法之故。”他说到中国的未来又让人振奋：“外之合海外五百万人为一人，内之合四万万人为一人，其孰能凌之？”

1899年7月20日，康有为联合加拿大华侨领袖李福基、冯秀石等人，携手创立了“保救大清皇帝公司”，即后人通称的“保皇会”。康有为从身无分文的变法革命者、流亡者摇身一变为拥有巨大资源可以调用的雄才霸主。

他的空想一旦有人落实起来，也会变成巨大的生产力。他曾经如此“空想”：“若海外五百万人，扯算计之，每人能以烟酒之余，人捐美洲银五元，合中国银十元，则有五千万矣。先开银行，印银纸行之，可得一万万零二千五百万矣。以三千万办轮船，以三千万办铁路，以三千万开矿，以五百万办杂业。他日矿路轮船有股份者分利无穷。以三千万办一切救国事，以养才能之士、忠义之人，立国体以行之，则中国立可救矣。”他还许诺：“苟救得皇上复位，公司中帝党诸臣，必将出力捐款之人，奏请照军功例，破格优奖。”“凡救驾有功者，布衣可至将相。”保皇会前后共建立总会11个、分会103个，会员多达百万之巨。这在今天都是一个奇迹。保皇会总局设在香港、澳门，康有为任总会长，梁启超、徐勤任副总会长。

保皇会用股份制的方式，向华侨出售股票、募集资本，创办“广智书局”和后来的“新民丛报社”。梁启超则以提供文稿为由，占有三分之一的股份。仅1902—1903年间，梁启超就分得“新民丛报社”的红利上万银圆，约合今人民币百万元左右。类似的事业、企业不止一种，如1903年，康有为发起成立了名为中国商务公司的股份制公司，总局设在香港，在广州、上海、横滨、旧金山都设有分局，并先后开办了十余家企业。他的声名如日中天时，连孙中山的哥哥都向他的保皇会捐款。

在悲壮与得意之间

有人为此说康有为大发“革命财”，因为华侨们的捐款并不是捐给康有为个人的，但康有为有私用之嫌不说，他在管理上也贪大图多，急于求成。华侨们的资金，被他用来“今日提东，明日提西，今日办某店，明日办某店”，客栈、电车、书局、渔业，甚至房地产，都染指其中。1906年初，康有为了解到墨西哥办银行很有利，就到墨西哥办好了开办银行的手续，有人劝他投资地产，他就投资10万元购买若干地块，地块果然涨价了。

类似这样的事极多。他的摊子大、排场多。但他是保皇会总会长，他可以任意支配善款。当“新民丛报社”亏损时，他向梁启超保证解决他和家人的生活费，问梁启超需要多少钱，梁启超回信说：每年费用3000银圆。康有为立即拨付，给梁启超本人3000银圆、给家属1000银圆、给梁启超的兄弟学费每年1000银圆，共计5000银圆。仅1907年，康有为一次就从保皇会的善款中挪借13000银圆给梁启超做党务活动费，并决定每年给梁启超4000银圆、麦孟华3000银圆做安家费。

这样的保皇会注定被华侨和社会抛弃。只是康有为并不反省原因，他离世前还感伤道："草堂万木草萧萧，吾道何之离索遥。"在1914年回国之前，他有16年时间"流亡"，他自认为是效"耐苦不死之神农遍尝百草"的精神，四渡太平洋，九涉大西洋，八经印度洋，泛舟北冰洋七日，先后游历英、法、意、日、美、加拿大、墨西哥、新加坡、印度、越南、缅甸、巴西、埃及等42个国家和地区。考察世界各国政情民情，筹措经费，"保救大清皇帝"，以实现君主立宪、国富民强的政治理想。

这种悲壮也会成为得意。56岁的康有为回国时，他已经被人们视为保守派了。他请吴昌硕为他刻了一枚印章，文曰："维新百日，出亡十六年，三周大地，游遍四洲，经三十一国，行六十万里。"他的事业没有起色，弟子叛出，保救大清皇帝公司分崩离析。但他个人的家业却日渐大了起来。在广东士绅邓华熙等人的联名请求下，民国广东政府决定发还被清朝抄没的康氏家产。因为一所房产被拆迁了，政府将广州永汉路（今北京路）附近的一座深宅大院即"回龙舍"分配给康有为，并加发官产，作为对康有为的赔偿。

康有为的炒房经

康有为的经济头脑在保皇会时代空阔无用，回国后用来自家理财派上了用场——他将广州的房产变卖，到上海炒地皮，获利颇丰。

1921年，64岁的康有为在上海愚园路自购地皮10亩，建造了一座中西合璧的花园住宅，取名“游存庐”，即通称的“康公馆”。康公馆筑有两幢西式楼房，康有为在其中开办了“天游学院”。康公馆内还有一座中西合璧的两层楼房“延香堂”、一座传统形式的平房“三本堂”。院内有大池塘、假山、各种植物动物：有从日本买来的樱花400株，从苏州买来的红梅数十株，有桃花400株，还有罕见的开绿色花的梨树；两只孔雀，一只猴子，一头麋鹿，一头驴子，大池子中游弋着500尾大金鱼。

康有为被今天的年轻人称为“房叔”，他在晚年购置了几处别墅。杭州的“一天园”，上海的“莹园”，青岛的“天游园”，据说占地分别为30亩、15亩、9亩。如果戏说这位“康圣人”，我们可以说他是一位谋国不成谋家谋房有成的“康叔”。他的家业之大也超乎今天年轻人的想象：他先后有六位妻妾，六个子女，有10多个女仆、30多个男仆、厨师，据说还雇有两个印度“阿三”为其看门。平时来康家的门生故旧和食客，少则10余人，多则30余人。

排场大，花销大。大米一项，平均每4天就要吃掉一石（176斤）；每月单伙食费就要花费400银圆以上。雇员每人月薪平均12银圆，共计每月支付工资500银圆。康有为自己的花费如电报费每年就达上千元。有人为康家算账，每年大约要花掉20000银圆，合今人民币百万元左右。

康有为熟读传统经典，他深知“生财有大道”。保皇会一次募集百万美元，其中有10万元支付给康有为游历各国“考察政治”，康有为拿此款购买了不少古董、文物，后来还出售一批以变现。除了炒地皮外，他也广交朋友，其中不少人对他有馈赠。康有为是书法大家，他在报刊上登载卖字润格广告，在上海、北京各大书店放置“康南海先生鬻书润例告白”，中堂、楹联、条幅、横额、碑文杂体，有求必应，无所不写。他的润笔费大致是：“中堂七尺者三十元（银圆），每减一尺减二元，每加一尺加二元；小横额三尺内二十元。磨墨费加一（元）。”这项收入每月在1000银圆左右，合今人民币5万元左右。

徐勤和梁启超在《致宪政党同志书》中曾称颂康有为：“先生以国为家。夙不治家人生产作业，每遇国难，辄毁家以图纾救。居恒爱才养士，广厦万间，绝食分甘，略无爱惜。”这话说得漂亮。康有为有过“以国为家”的阶段，也有过“以家为业”的晚年。他的事功和人生至今未被人们认知，因为他的事功和人生显得大而无当，后人难以担当。他是政治家、投机家、投资家，还是文人、书法家、学者、教主，让后人评说起来，确实是很难当的事。

（《作家文摘》总第1977期）

革命

追寻孙中山30岁前的模样

·王　波·

孙中山祖籍是哪里？对当下不少人来说，这无关紧要，但在历史学者眼里，这是必须解决的问题。

毕竟，关于孙中山祖籍问题的争论，在中国近代史上曾引起过两次不大不小的政治风波及一场官司。被同行喻为“侦探式”历史学者的黄宇和，从1984年研究孙中山起，一直小心翼翼。

祖籍“东莞说”与“紫金说”

他遇到的第一个难题，便是确认孙中山祖籍问题。在他眼里，从宏观历史角度来看，彻查孙中山是广府人还是客家人这一微观事件，是为了给其最初进行革命的支持者是谁的问题寻找线索。

然而，这一问题在20世纪40年代，便引起一次风波和一场官司。1942年12月，罗香林出版《国父家世源流考》，提出孙中山祖籍是广东省紫金县。即“紫金说”。这与国民党中央党史委员会所掌握的史料，以及根据这些史料得到的结论，有严重冲突，引起该会强烈反对。党史委员会成立于1930年，首要任务是调查清楚革命领袖孙中山的祖籍。编纂人员全是曾与孙中山长期共事并非常熟识的革命元老，但没有一位是史学家。他们经过近13年的实地调查考证，得到初步结论：孙中山乃广府人，近祖的祖籍是东莞。即“东莞说”。

如今在黄宇和看来，罗香林的“紫金说”通过东拼西凑，让孙中山家世更上一层楼，擢升为中原贵胄之后裔。但与官方结论的冲突，当年并未影响罗香林。

他将《国父家世源流考》呈孙中山之子、时任立法院院长孙科，请其赐序。孙阅后大为赞赏，于1942年5月5日欣然赐序。此后，邹鲁、陈果夫等相继为罗香林的书稿撰写序言，蒋介石、张继、于右任等先后为这本正文只有五六十页的小册子题署。

接着，国民政府教育部擢升罗香林为教授，中央党部又委任他为文化专员，奉中枢电令赴重庆服务。教育部全国学术审议会决定把罗著“送请吴稚晖先生审查”，并授予该书“教育部学术审议会民国三十一年度学术发明奖金”。黄宇和分析，国民政府这样做，跟当时的政治形势有关。1940年3月，汪伪国民政府在南京成立，由于汪精卫在国民党的身份显赫，曾长期以孙中山忠实信徒的姿态出现，他的投日对中国的抗日战争造成无法估量的打击。

国民政府当时的反应，是在两天后通令全国尊称孙中山为“中华民国国父”。显而易见是要抗衡汪精卫自命为孙中山忠实信徒的形象，并以此表示重庆的中央党部而非南京的伪中央党部，才是孙中山的真正继承者。“罗香林的书稿，当时是及时雨、不可多得的宣传材料，符合当时的政治需要。”

这当时也符合罗香林个人的需要。黄宇和研究发现，此前，罗香林"谋教授名义"，"已碰钉子数次"。结果，《国父家世源流考》一书，终于圆了他的教授梦。同时，这本书让原本在紫金忠坝处于小姓弱势地位的孙氏家族突然发现，国父乃本家苗裔，便声大气粗起来，"为地方豪劣讼棍所摆弄。举凡孙姓历代卖出产业，均指为国父先祖遗产，控之于县府司法当局，强判人以窃占国父先祖遗产之罪。致拆屋毁坟、拘押勒诈，无不令人感慨"。

而在10年之前，国民党党史委员会编印《总理年谱长编初稿》，请孙科审定，他并未对书中的"东莞说"表示异议。而且在1948年，他还为东莞上沙孙氏家族题词曰："国父先代故乡"。

1995年10月，中山市翠亨村的孙中山故居纪念馆准备出版该馆编辑的《孙中山的家世：资料与研究》。编者把"紫金说"与"东莞说"双方的原始史料、有关论文、意见、函电等统统收录，以便后人能全面了解争论的来龙去脉。不料有人向有关部门指控编者篡改孙中山祖籍。最终，几经解释，这本书在2001年11月出版。

"两者相隔半个世纪，可见贻害之既深且远。"黄宇和说。

面对扑朔迷离的历史和现实，他结合自己以往的研究，到东莞、紫金、广州等广东地区以及邻近的香港、澳门，还有夏威夷、波士顿、牛津、伦敦、剑桥等地实地调查、搜集资料、查阅文献。黄宇和得出了支持"东莞说"的结论，认为孙科、蒋介石、邹鲁、陈果夫、于右任等人当时支持罗香林，不过是为了塑造出一个完美的"国父"形象。

孙中山与基督教的关系

经黄宇和考证，1884年5月4日，孙中山在香港领洗入基督教，取名日新，取《大学》里“苟日新，日日新，又日新”之义。随后，取号逸仙。

不过，身为教徒，孙中山身边的人却“永不见其到教堂一步”。黄宇和认为，孙中山当时发觉基督教与时俱进，不断自我更新来满足人类对现代化如饥似渴的要求，反观儒家、佛家和道家都是往后看而不是往前看，把中国捆绑了两千多年，令中国裹足不前。他越来越觉得基督教可取，不是取其纯粹的宗教信仰，而是取其实用价值以促使中国现代化，如此而已。

孙中山临终时表达了他的最后愿望：用基督教仪式送终。宋庆龄和孙科不顾国民党人的强烈反对，坚持在北京协和医院用基督教仪式为他举行私人丧礼之后，才让国民党党中央在北京举行公开丧礼。黄宇和援引史料说，孙中山临终时对孔祥熙说：“正如上帝曾派耶稣到人间，同样地，把我派遣到这个世上来。”这句话被孔祥熙在协和医院举行的、采用基督教仪式的孙中山追悼会上复述，得以公之于世。

然而，中国史学界一直回避孙中山与基督教的关系。这为孙中山研究，尤其是孙中山如何走上革命道路的问题，增添不少困难。

孙中山上书李鸿章

在孙中山生前，人们一直不知道他曾上书李鸿章。直至1934年，当年与孙中山一起被清政府称为“四大寇”的陈少白去世，他所著《兴中会革命史要》发表，提及孙中山曾跑回翠亨村躲起来起草《上李鸿章书》。陈垣看到后，商诸博闻强识的史学家顾颉刚。顾颉刚最终在1894年9月10日上海强学会所办的《万国公报》上，找到了一篇没有署名的连载文章，题为“上李傅相书”，副题是“广东香山来稿”。经顾颉刚考证，该文正是陈少白所指的《上李鸿章书》，作者正是孙中山。

黄宇和认为，郑观应等人的推荐信，也证明了孙中山上书李鸿章之事，而孙中山当时不但有改良的理论，还有把理论付诸实践的具体行动方案。并且这个时候的孙中山，的确打消了革命的念头，而全心全意去设法和平改良中国了。

在香港求学近9年间，孙中山假期常回故乡，他把在香港的所见所闻与几十公里外的故乡的经历相比较，决定：“由市政之研究进而为政治之研究。研究结果，知香港政府官员皆洁己奉公，贪赃纳贿之事绝无仅有，此与中国情形正相反。盖中国官员以贪赃纳贿为常事，而洁己奉公为变例也。”“我至是乃思向高级官员一试，迨试诸省政府，知其腐败尤甚于官僚。最后至北京，则见满清政府政治治下之龌龊，更百倍于广州。于是觉悟乡村政治乃中国政治中最清洁者，愈高则愈龌龊。”

尽管如此，孙中山还是不忘经世致用，大约在1890年，他撰写了《致郑藻如书》，提出“农桑、戒烟、兴学”三项建议。郑观应所编写的《盛世危言》一书中的《农功》一文，也被史家认为是孙中山所作。他深知“欲改革政治，必先知历史”。在读医科的五年间，孙中山频频回到中央书院阅读鼎鼎大名的汉学家理雅各为“四书五经”所做的译本。

后来，当中国精英在五四运动中大声疾呼“打倒孔家店”时，孙中山始终不渝地拥护儒家学说。“我们能够照自己的社会情形，迎合世界潮流去做，社会才可以改良，国家才可以进步。”他说。

黄宇和认为，这正是因为孙中山学兼中西而不偏不倚。而在中国近代史上，最先感觉到中国“现代化”的急切性的，皆是首批受过西方教育的热血青年。他们觉得比诸西方列强，中国太落后了，必须迎头赶上，否则无法立足于地球上。

（《作家文摘》总第1527期）

洪秀全的“人间天国”

·施雨华·

天王不用读书人

1850年2月末，道光帝驾崩，咸丰帝登基。一个月后，在帝国偏远省份广西，前教书先生、现拜上帝会教主洪秀全决定起事。不到一年，广西桂平金田村聚集起一支两万人的军队。1851年3月23日，洪秀全登基，称太平天王，正号太平天国。

1851年9月，太平军夺取了他们的第一座城池永安州城（今蒙山县）。在此停留的7个月里，洪秀全完成了一系列的军政建设，还封了5个王。东王杨秀清是个烧炭的山民；西王萧朝贵是自耕农；南王冯云山和洪秀全一样，在乡下读过几年私塾；北王韦昌辉有几家店铺和大片田地，翼王石达开出身于富贵之家，这两人可以算士绅或地主。

他们的出身不尽相同，学识有限倒算是共同点。

据说，太平军围攻长沙时，左宗棠曾去拜见洪秀全，献攻守建国之策，并劝天王尊崇儒教，放弃拜上帝会。洪秀全不以为然，左某悄然离去。忠王李秀成日后的自供词一语破的："天王不用读书人。"

书生文士在天朝是不可能得志的。太平军视为至宝的是孩子。每攻陷一座城市、路过一个乡村，必定竭尽可能把他们带走。孩子最天真无邪，加以训练，将来就可以成为死士。天朝晚期的将领，许多都是被带上路的孩子，例如英王陈玉成。

至于普通将士，大多出身于苦寒之家。湘军的张德坚在《贼情汇纂》中记录，太平军掳人常常要"看手相"：如果掌心红润，手指上没有老茧，"恒指为妖"。反之，"挖煤开矿人、沿江纤夫、船户、码头挑脚、轿夫、铁木匠作、艰苦手艺，皆终岁勤劳，未尝温饱，被掳服役，贼必善遇之"。

纸面上的天朝"土改"

1853年颁布的《天朝田亩制度》，可以看出洪秀全是怎么设计人间天国的。其中至关重要的是怎么处理土地问题。"分田"——这两个字一直是最能挑动农民神经的。他的办法是按人口来。一户家庭，无论男女，人口多就分得多，人口少就分得少。

"凡天下田天下人同耕。此处不足则迁彼处，彼处不足则迁此处。凡天下田，丰荒相通，此处荒，则移彼丰处，以赈此荒处。务使天下共享天父上主皇上帝大福，有田同耕，有饭同食，有衣同穿，有钱同使，无处不均匀，无人不饱暖也。"

问题在于，无处不均匀要怎么实现？

金田起事之前，洪秀全没有表示过否定私有财产的意思。但占领永安之后他就下诏："……凡一切杀妖取城所得金宝、绸帛、宝物等项不得私藏，尽缴归天朝圣库，逆者议罪。"

这么做的理由是："……天下皆是天父上主皇上帝一大家，天下人人不受私物，物归上主，则主有所运用，处处平匀，人人饱暖矣。"也就是说，只要人人无私，自然就人人饱暖。基本生存需求以外，劳动成果纳入圣库，于是"无处不均匀"。

天朝听上去很理想的田亩制度没能推行下去。一来"土改"从不容易，二来天朝不幸始终陷于战事中，控制的区域时有变动。最重要的是，农民居然并不欢迎它。大约是在定都南京前后，还没给农民分地，天朝就命令农民，除口粮之外，将其余的粮食送到圣库。结果是"究不能行"，只好让农民按田亩的数目照旧交粮纳税。

百姓禁欲，王公多妻

天朝最好的制度，往往以"禁"字开头：禁缠足、禁畜妾、禁娼妓、禁买卖奴婢、禁吸食鸦片。最严厉的是打下南京前，军中分男营女营，像隔离传染病一样禁止异性接触，即便是夫妻，同宿即斩首。打下南京之后，妇女一律入"女馆"。丈夫探望妻子，儿子问候母亲时，只许在门口相隔数米作问答，声音必须清亮，以免说私房话。男子如进入女馆，无论军民均要正法。

洪秀全有诗句解释不让男女见面的道理："耳贱乱听犯天条，心贱乱想最滔天。"他勉励提高觉悟、改造审美以抵御诱惑："娇娥美女娇声贵，因何似狗吠城边？"但天王的内宫除了家中的女眷，还有女官和女侍从，总人数接近两千人。

太平天国十一年，洪秀全还颁了一道诏书规定，天王的两个哥哥及干王、英王、忠王等人可以有6个妻子。数目不到的，应该补足。已经脱离天京的翼王也适用这个标准。此外高级官员可以三妻，中级官员只能二妻，低级官员和老百姓一样，按亚当夏娃的规矩来。洪秀全甚至还给已经升天的3个王定下了指标，南王6个妻子，东王、西王规格最高，可以有11个。

诏书没有提到北王，也没有提到天王适用什么标准。大概连上帝也觉得多子多孙有福，所以没有限制这个次子旺盛的生命力吧。

洪秀全的长子洪天贵福后来说，金田起事时父亲有十多个妻妾，一年之后从永安突围时增加到36个。而到天京陷落前，他已经有88位母后。

曾经圣子难为人

早在太平天国五年时，就有人褒贬洪秀全“所言则教人为善，所行则穷凶极恶”，“但求济事，虽未尝不收效于一时，然灭亡必速”。

1861年9月，天朝丢失了长江上游最后一座重镇安庆，天京自此失去屏障。次年5月，曾国藩的湘军直抵南京城下。这已经是天京第三次被围困了。与前两次不同的是，这一次天朝始终没能解围。

到1863年12月，天朝最可靠的将领忠王李秀成也绝望了。无粮、无兵、无援，无论如何努力也保不住天京城。他只好建议天王突围而去。洪秀全的答复是一段令人哭笑不得的“天话”：“朕奉上帝圣旨、天兄耶稣圣旨下凡，作天下万国独一真主，何惧之有？不用尔奏，政事不用尔理，尔欲出外去欲在京，任由于尔。朕铁桶江山，尔不扶，有人扶。尔说无兵，朕之天兵多过于水，何惧曾妖者乎！……”

洪秀全一向爱用“天”字：天朝、天军、天官、天民、天将、天兵。按李秀成的理解这其实是“恐人霸占其国”。称天将、天兵就只是天王一个人的兵。天朝的将领要是说漏了嘴提到“我队之兵”，他便骂道：尔有奸心。这里只有天军、天官、天兵、天国，哪有什么你队之兵？“何人敢称我兵者，五马分尸。”但干王洪仁玕1864年初去太湖一带征集粮草时，却发现尽管他对各路天军力陈迅速援助天京之至关重要，他们“为恐少了粮草，多不愿回应号召”。不久之后，官军在南京周边集结，以致他无法回到堂兄身边。

那年4月，洪秀全病倒了。他宁肯吃咁露也不愿服药。5月30日，他下了一道诏书，说自己即将上天堂，到天父天兄那里领取天兵保卫天京。两天后他静悄悄地“升天”了——此前，他已经禁止天朝臣民提“死”字，而是要用“升天”或“迁福”来表示。

1864年7月19日，太平天国历史上最为漫长的一天。清军引爆了城墙下所挖地道中的炸药。太平门那一段的城墙被炸塌了六七十米，浙江巡抚曾国荃所部从缺口抢攻入城。正午到黄昏，不过半日，天京易主。

1866年2月，太平军最后的残部也被官方肃清，地点恰好在洪家祖居的嘉应州。9个月后，一个名叫孙帝象的孩子在广东香山县出生。据说，他13岁时听村里的太平军老兵讲洪杨故事后，便立志要做洪秀全第二。多年之后，他有了一个为我们所熟知的名字：孙中山。

（《作家文摘》总第1706期）

孙中山、袁世凯的金融博弈

·刘　刚·

1912年3月10日，袁世凯在北京举行临时大总统的宣誓就职。举行宣誓就职仪式的地点，就在石大人胡同的外交部。

袁氏之所以选择这条胡同，是因为大清朝的外交部就在这里，庚子新政后，总理各国事务衙门改为外交部，其设置由“总以亲王”改由尚书主理，而始作者为袁氏。可以说，从总理各国事务衙门到外交部，晚清外事活动的中心就在这一带，由此也可见，袁氏已将宣誓就职仪式安排成了外事活动。他所面对的，并非本国国民，因他无须选票。可他需要借款，所以，他要面对的是各国公使，他最期望得到各国承认，南京方面的认可还在其次。

各国为什么选择袁世凯？

袁氏宣誓就任的第二天，就致电荷兰海牙万国和平会，表示：所有前清与各国缔结各项国际条约，均由中华民国担任实行上之效力。袁氏这么说，各国都相信。同样的话，孙中山也说过，但各国都不信，他们不相信一个要“驱逐鞑虏”的人会为“鞑虏”赔款，不相信一个驱逐了“鞑虏”的人肯为“鞑虏”还债。

对于各国来说，革命后最担心的，莫过于赔款和还债，这方面，谁能让他们放心，他们就支持谁。孙以“驱逐鞑虏”唤醒了汉家天下的历史记忆，却难以博得各国政府的同情。因为政权的本质是利益，而非情谊，各国政府同前朝的利益之水太深，以至于民主共和的价值观，反倒退而求其次了。以价值观论，各国政府，尤其欧美，理应支持孙，可从利益方面来考量，各国还是选择了袁世凯。

即以贷款为例，革命后，孙、袁都在谋求贷款，然孙以光棍上任临时大总统，乃“身无分文”而“心忧天下”者，中国传统文化尚能提倡这种无产者式的理想主义，但这理想，恰与资本主义原则相悖。贷款可以，银行就是干这个的，可抵押呢？还有担保呢？英雄进当铺，用头颅作抵押，那一套江湖法门，对洪门有用，对银行不行，跟银行打交道，得亮真家伙，表态没用。

当时《纽约太阳报》的说法，便反映了各国共识：“孙中山和他的朋友们非常缺乏管理国家的经验，他们没有维持中国领土完整和恢复和平的能力。”而袁氏就不同了，拥有了前朝的遗产，他跟银行打交道，要抵押有抵押，要担保有担保，有的是真家伙，所以，银行都追着他要贷。

四国银行作后盾

那四国银行团，由英汇丰、美花旗、德德华、法东方汇理四银行组成，原是为了清末铁路大跃进筹款而设的，本想搞个史无前例的大家伙，没想到保路运动兴起，继而武昌起义，终于清室退位，四国银行团壮志未酬，铁路贷款泡汤，可“祸兮福之所伏”，新政权更需要钱。孙、袁“光荣革命”，是一场漂亮的权钱交易，袁氏成了大买家。清室退位，他要买单，南京让权，他也要赎买。

袁氏派亲信，其度支部副首领周自齐往四国银行团说项，说南京政府善后需银七百万两，其中二百万两为急需，应紧急放贷。善后首款，就是为了赎买南京政府，由汇丰银行经手，很快付银二百万两，作南京政府军政维持费用。此乃四国银行团为民国政府所作的第一笔垫款，为“善后大借款”之缘起。其时，孙主持南京临时政府，可谓朝不保夕，时时面临破产，革命军来催饷，催得黄兴吐血。所以，孙也向外，主要是向日本，一而再，再而三地谋求贷款。孙曾放言，若能贷款，必不和谈，告贷无门，才不得不谈，此时，孙、袁交战，实非兵战，乃银战。袁氏因有四国银行团作后盾，故能“不战而屈人之兵”。

（《作家文摘》总第1746期）

1913，孙文在日本

·谭伯牛·

民国二年2月13日，早上7时，从上海出发的“山城丸”抵达日本长崎。孙文即在此船上。此次赴日，受命“筹备全国铁路全权”的孙文，负有两件任务，一则敦促日本政府尽速承认民国政府，一则敲定中日合资中国兴业公司的章程。

与首相的会面

此行的重头戏是与日首相桂太郎的见面。前一年，孙文与袁世凯商讨外交，袁素赞成中美联盟，他则以中日结盟为善，表示愿以个人身份访日，观察东洋政界的趋向，以定方针。袁谓本无成见，乐观其成。因此，当孙文2月17日见桂太郎，听到对方说，“日本击败帝俄之后，英日同盟的效用已告了结”，“惟望我两人互相信托以达此目的，造成中日德奥同盟”，“日本得此功绩，绝不愁无移民贸易地，决不作侵略中国的拙策”，实在是心花怒放。尤令他感动的是，桂太郎还说：“袁终非民国忠实的政治家，终为民国之敌，为先生之敌。然今日与之争，殊无益而有损，如先生所言，目前以全力造成中国铁道干线，此实最要企图。铁道干线成，先生便可再起执政权，我必定以全力助先生。”这番话简直就是孙文的心声。元年9月3日，他与密友聊天，曾说：“维持现状，我不如袁，规划将来，袁不如我。为中国目前计，此10年内，似仍宜以袁氏为总统，我专尽力于社会事业。10年之后，国民欲我出来服役，尚不为迟。”孙文当年49岁，10年后不到60岁，对政治家来说，犹称年富力强，届时再有强邻之助，执政之局稳如磐石也。

而“造成中国铁道干线，此实最要企图”一语，或可为所谓“孙大炮”洗刷污名。孙文的铁路计划，关键词是三个数字：10年内，民间融资60亿元，修成20万里铁路。倡议一出，举国诧怪。元年9月14日，孙文特在北京迎宾馆开记者招待会，解释自己的计划，并说了重话：“要知此次鄙人主张修筑全国铁路，实为中华民国之存亡大问题，推翻此事，不啻推翻民国立国根本，此则鄙人期期以为不可。”

而没在招待会上说出的真正意图，则由桂太郎说出来了，即只有修成铁路，才能10年后执政。因为，袁世凯既任总统，国家又将实行宪政，则革命前辈孙文事实上已经赋闲。

顺利开局

有什么事比得上修铁路？首先，修铁路是经济发展的前提，所谓要致富先修路，先生在百年前已有体认。其次，修路需要巨款，民国没有这笔钱，势必向外国借，而谁能掌握借债之权，则有钱办事，有钱买人，必将养成极大的政治实力。此外，外债与外交有时竟是一回事，何国愿借钱，即表示何国愿与论交，愿与支持。其时，袁世凯正谈六国银团借款，孙文须另找债主，才能在外交方面与之匹敌，今有铁路融资计划，则可名正言顺与外国联络，别开生面，暗度陈仓。最后，孙文的外国关系，以日本为最深厚，而他的外交战略，亦以中日互为提携，维持东亚和平为纲领。然而，民国既立，已经不能再拿领土去换支持，必须重新立项，才能获得日本的支持，当此情形，还有哪个项目比修铁路更合适呢？

于是，旁观者以为中山先生修20万铁路是夸夸其谈，局中人却能理解孙文这一招是妙想天开，创意无限。不知袁世凯是否也一念及此，不过他授予孙文筹备全国铁路全权，允许为此向外国举债，同意设立中国铁路总公司，并由政府提供6年筹办经费，每月3万元。孙文对未来10年的希望，尽系于铁路。

对日借款，他的合伙人是日本“实业之父”、三井物产董事长涩泽荣一。2月17日晨，涩泽赴帝国饭店拜谒孙文，19日，去大藏省征询意见，20日，即安排在三井物产举办中国兴业公司发起人大会，并设“极为华美”的宴会，招待贵宾。次日，双方拟定合资公司计划书草案。同时，日方承诺当网罗东京与大阪第一流有力之银行，组团投资。3月3日，双方逐条讨论计划书。对于计划书写明中国政府须竭力保护债券利益，孙文考虑到未来政府批准或有障碍，则谓中国铁路总公司已得政府承认，全国主要干线皆由总公司督办，那么，债券发行，事实上已获政府承认，并受保护。至于认缴股金，即62.5万日元的首付，尽管孙文拿不出这笔钱，但是上海商界愿出20万，其余42.5万元，也经日方协调，同意由横滨正金银行上海支店垫付（唯此事决定已在两个月后）。至此，虽有不同意见，然皆非根本问题，再经磋商，必能如意开办，则孙文的下一个10

年，已然开局顺利了。

讨袁与否

但是，3月20日，宋教仁在上海突然遇刺，22日不治身死，改变了一切计划。25日，孙文回到上海，即去黄兴家中商讨对策。是谁谋杀宋教仁？孙文与黄兴皆认袁世凯为主犯，并无异词。

孙黄相异者，是接下来怎么办的问题。孙主武力解决（就地起义），黄主法律解决（特别法庭），久议不决。孙、黄联络诸省同志，回信大多表示观望，并不赞成立即与北京翻脸。

诸省都督只有江西李烈钧义愤填膺，且有一定武装，足以起事。6月9日，袁世凯以临时大总统令免去李的都督，命其来京，另有任命。烈钧潜往上海，与孙文共商起兵讨袁，在此期间，黄兴已被孙文说服。7月12日，烈钧再回江西，在湖口宣布独立，打出讨袁白旗，发布讨袁檄文。这一天，就是史称“二次革命”的开端。江苏、安徽、上海、广东、福建等地纷纷独立。

逃亡路上

二次革命来得突然，去得也快。北洋军每战皆胜，各地义军纷纷溃散，领袖亡命，各省相继取消独立。9月12日，四川取消独立，终告革命失败。

孙文亦早在革命正式失败前临时离开上海，偕胡汉民诸人逃往福建，拟赴广东或香港。8月3日，船抵马尾，日本领事馆武官多贺宗之马尾来见，力劝勿去粤地，而请赴台湾，再定行止。

4日至台湾。9日，船抵日本神户。途中孙文致电日本好友犬养毅与头山满，称“无论如何，希在日暂住”。当时日本桂太郎内阁已倒台，新首相山本权兵卫更重视与北洋政府的关系，拟拒绝孙文登陆。于是，头山满去找犬养毅（未来的首相，也是孙文的老朋友），请他说服政府。于是古岛与兵库县知事服部一三交涉，服部表示将予配合，但是上陆时要秘密，不要给人家看见。经过这些安排，孙文才能登岸。

18日凌晨，孙文转至东京。27日，黄兴化名冈本，亦逃至东京，不久即来拜访孙文。战友重逢，很不愉快。当检讨二次革命的败因，黄兴被孙文痛骂。自此，孙、黄之间关系大坏。而春天相谈甚欢的涩泽荣一，也不再支持这位中国合伙人。

耶诞节，孙文在东京发表公开信，鼓励革命党同志“既不可以失败而灰心，亦不能以困难而缩步”，在这个胜机孕于败局的时刻，诸位同志“不特应聚精会神，以去乱根之袁氏，更应计及袁氏倒后，如何对内如何对外之方策”。

颠沛流离，蜗居异国，仍具如此精神、如此识见，真不愧为一代伟人。

（《作家文摘》总第1798期）

孙中山三次行使总统否决权

·李学智·

中华民国南京临时政府的建立和运行，其所依据的1911年11月各省都督府代表联合会制定的《中华民国临时政府组织大纲》。其中规定：临时大总统对于参议院议决事件，如不以为然，得于呈报后十日内声明理由，交令复议。参议院对于复议事件，如有到会参议员三分之二以上仍执前议时，临时大总统须颁发执行。此即所谓总统制政体中的总统否决权。孙中山在任大总统期间，曾三次依此法行使否决权，留下了民国初建之时国家最高权力机构依法运行的记录。

否决以五色旗为国旗的议案

武昌起义爆发后，湖北革命党人使用的是十八星旗，江浙地区在宣布独立后，则普遍使用了红黄蓝白黑五色旗。

1911年12月4日，在上海江苏教育总会召开的共和联合会大会上，部分代表商定以五色旗为中华民国国旗。他们认为，此旗

“既可表明革命行为系为政治改造而起，非专为种族革命；又能缓和满、蒙、回、藏各族的心理，与汉人共同努力赞助共和”。此议没有遇到任何反对意见，此外，还确定以青天白日旗为海军旗，以十八星旗为陆军旗，并将图案刊布于报端。

中华民国南京临时政府建立后，1月10日，代行临时参议院职权的各省代表会议决：“以五色旗为国旗定式”，并咨请临时大总统孙中山，“即饬部颁布各省施行”。但是，孙中山否决了这个议案，于12日咨复各省代表会云：

> 一、清国旧制，海军以五色旗为一二品大官之旗。今黜满清之国旗，而用其官旗，未免失体。二、其用意为五大民族，然其分配代色，取义不确，如以黄代满之类。三、既言五族平等，而上下排列，仍有阶级。究之革命用兵之际，国旗统一，尚非所急……故本总统以为暂勿颁定施行，而俟诸民选国会成立之后。

孙中山的真实想法是欲将青天白日旗作为中华民国国旗，他甚至在总统府自己的办公室内悬挂了一幅青天白日满地红的旗子，“总统府职员及宾客多见之”。

待南京临时政府北迁后，北京临时参议院续议国旗统一案，并于6月5日最终议决以五色旗为中华民国国旗。

否决建都北京

南北议和成功后，2月12日清帝逊位。2月13日孙中山践约向临时参议院提出辞职，举荐袁世凯为下一任临时大总统，并提出以南京为临时政府所在地。但临时政府定都南京的主张，在参议院内遭到大多数议员的反对。2月14日，临时参议院开会讨论建都地点，投票结果是：共有28票，其中20票主北京，5票主南京，2票主武昌，1票主天津。参议院的决议否定了孙中山的主张。

孙中山、黄兴闻知后，当天即召集参议员中的同盟会员开会，“严责不应为袁张目，黄兴尤怒不可遏”。孙中山则行使总统否决权，咨复临时参议院复议此案。2月15日，临时参议院开会复议，其结果27票中，19票主南京，6票主北京，2票主武昌。复议虽推翻了原案，仍以南京为都城，但孙中山和黄兴的做法引起了参议员们的普遍不满，加剧了临时参议院与临时政府的对立情绪。

3月初，孙中山迫于各种压力，放弃了袁世凯来南京就职、临时政府设于南京的要求，于3月6日向临时参议院提出政府咨文，其中称：“袁世凯君可否就北京行正式就职礼与临时政府地点暂设北京一节，请由参议院决定。”4月2日，临时参议院正式议决临时政府地点，其结果是：主北京者20票，反对者6票。孙中山定都南京的主张归于失败。

否决对司法部次长的弹劾

1912年2月中下旬，临时参议院因临时政府司法部次长吕志伊“拟捕惩”参议院鄂籍议员刘成禺，对吕志伊提出弹劾，但被孙中山所否决。

事情的经过是这样的。

刘成禺在临时参议院的一次会议上，“出言不慎，谓明朝如何如何，本朝如何如何”。吕志伊得知此事后，遂于2月10日致函湖北军政府军务部长孙武，并请转呈兼任湖北军政府都督的副总统黎元洪，指控刘成禺“违背国宪”，而请示处理办法。

黎阅函后，大不以为然，径致电孙中山及司法部总长伍廷芳称：“夫文字兴狱实亡国之大蠥，……参议院为立法机关，议员为全国代表，应如何尊重其权限确保共和体制，吕君系司法之人，何反欲藉一字之差，罗织成狱。”

随后，临时参议院闻知此事，对吕志伊提出弹劾。孙中山否决了此弹劾案，发回咨复文为吕的行为进行了辩解：“此次司法次长吕志伊所发之函，系私人书信，在法律上无施行之效力，不能认为正式公文。该私函所述，仅系发表个人之意思，并无行为。在法律上亦无徒据个人之意思，不问其有无行为遽认为有效之理。”此弹劾案临时参议院未能以三分之二多数再次议决，遂告无效，风波渐息。

孙中山在任中华民国临时大总统的期间，三次行使大总统的否决权，否决国家临时参议院议决的议案。其中之是非曲直，虽见仁见智，但毫无疑义，这是民国历史上一段值得关注的记录。

（《作家文摘》总第1827期）

遗老的殉节

·张 鸣·

大清倒台为何无人殉节

一个王朝的覆灭，大抵总会有几个臣子为之殉节。以自杀的行为，报答君主，也给自己留个历史上的名声。但是，清朝翘辫子的时候，这样的人虽不能说一个没有，但的确非常稀少。出身名门的封疆大吏，在革命到来之际，“从逆”者不多，但殉节者也无。只有一个湖北的马姓臬司，打算殉节来着，但大老婆小老婆一哭一闹，也就罢了。多数人，都选择了走路，走到香港或者上海的租界躲起来。德占的青岛和日据的大连，也是一个可以选择的去处。

张勋复辟的时候，遗老们兴高采烈，涌到北京，争先恐后为张勋出主意，争先恐后做小朝廷的大官。但是，讨伐复辟的军队打来了，这些七老八十的遗老，瞬间就人间蒸发了，一个个溜得连人影都没有了。六万多讨逆军，连一个遗老都没抓住。不消说，他们，又一次没有殉节。

比较起来，张勋的表现，至少在表面上，比这些慷慨激昂的遗老要强些。虽然只有五千辫子军，他却不肯放下武器，也不肯寻求外人的庇护，非打一下不可，只是在最后关头，被洋人用汽车接走。有传说，说他不肯上车，还咬了架他上车的洋人一口。

这样一来，没有殉节的遗老，遭到了那些同情复辟、却没有参与行动的事外遗老的嘲笑。湖南名绅叶德辉就嘲骂这些人，既然参加复辟，主辱臣死，就该殉节，既然不死，那以后就不要再自称遗老了。叶德辉是个读书种子，但一向不正经，热衷翻刻《玉女经》，热衷谈房中术，过去总是为遗老们所不齿，现在轮到他反唇相讥了。

另一个没有参与复辟行动的遗老王国维，也对遗老没有一个殉节的感到不满。不过他比较厚道，没有这样公然嘲笑，只是在给友人的信中，隐隐然表示了不满。

其实，当日参加复辟的遗老，对当时的小皇帝溥仪，没有什么感情。他们在意的皇帝，是光绪。如果光绪尚在，倒没准儿会有几个殉节的。据说曾在张之洞手下做事的梁鼎芬，在光绪死的时候，就动过殉节的心。后来，又到光绪的崇陵上辛辛苦苦地守陵，费了好大的力气，筹钱为崇陵种上了好些松树。

生活在民国的遗老

众多遗老固执地想要复辟帝制，从本质上倒也并非真的对帝制情有独钟。进入民国之后，他们没有隐居乡下，而是大隐隐于市，在现代化大都市里待着。很多人生活在上海，其他人也生活在天津、青岛和大连。恰是这些地方，在民国之后，受欧风美雨的浸润，西方风习的影响，变化特别大。传统在中国的衰落，在这些地方体现得格外明显。不仅仅他们所熟悉的传统文化在这些地方越来越不值钱，而且人心的变化，新一代人风尚的改变，也越来越强烈地刺激着他们。一种伦常夷陵、道德崩溃的危机感，冲击着他们。在他们看来，军阀割据、武人专权的民国，再一次回到了五代，一个曾经儒学沦丧、斯文扫地的时代。顾炎武氏“亡天下”的感慨，时时浮上他们的心头。

从某种意义上说，他们的复辟，目的其实是挽救文化。正因为如此，他们才不在乎种族的差异，刻意要把一个满人皇帝再一次抬出来，不担心人家讥笑他们甘愿做满人的奴隶。

所以，复辟失败之后，说他们气节不够不太宽厚。毕竟时光走到了20世纪，遗老比不得春秋的士，也比不得东汉的儒生。他们拿自己的性命太当回事，即使行将就木，也不肯轻易抛掷。只能说他们对小皇帝没感情，这个小皇帝才十二岁，没有了不得的德行，也没有感动他们的功业，他们犯不上为这个黄口孺子去死。而且遗老的牵挂太多，每个人都有一大家子要靠他们养活，一旦他们殉了节，一家人的生计就都没了。当然，这些遗老中，也有人可能殉节的，比如小皇帝的师傅梁鼎芬和陈宝琛，他们都是实心眼的儒者。但是，作为皇帝的师傅，在小皇帝还在、并没有受到生命威胁的时候，是不可能自己死的。反过来，皇帝安然无恙——这是讨逆军事先就声明了的，也成为众多遗老不肯殉节的一个最好的借口。

叶德辉之死与王国维投湖

其实，这些不为皇帝、也不为王朝殉节的遗老，在一个事情上，倒是可能削戈的。那就是当他们真的感觉到，他们视为生命的文化遭遇灭顶之灾之时。在他们参与复辟的时候，虽然他们已经感觉到文化的衰落，但毕竟当时的统治者，思想还相当地旧，即使是新派人物，对于旧学也不陌生，更不排斥。他们复辟帝制，无非是要争取挽回文化坠落的颓势而已。

到了大革命兴起，中国面临赤化可能之际，这些敏感的遗老，才感觉狼真的来了：在复辟时，针尖对麦芒的康有为梁启超师徒两个，此时也有了共鸣——对赤化担忧的共鸣。康有为死的时候，梁启超撰写祭文，对老师参与复辟给予了相当的理解。然而，那个嘲笑丁巳复辟遗老不肯殉节的叶德辉，却依旧刻薄，出言不逊，骂得兴起，无可避免地被卷入了大革命的浪潮中，被湖南农民协会处死。这个读书种子因言得祸的遭遇，不仅惊动了章太炎，更吓到了王国维。

王国维是一个复辟的拥护者，也是一个死心眼的读书人。此时的他，除了清华导师之外，还有一个他更看重的身份，那就是宣统皇帝的师傅。长大一点儿的小皇帝溥仪，虽然仅仅是拿这个老实巴交的读书人做点缀，但王国维却十分当真。他在乎这个身份，甚于清华的导师。但是，尽管如此，在1924年冯玉祥驱逐溥仪出宫之时，他也并没有去死，或者说没有坚决地去死。到了三年后，大革命席卷中国，叶德辉死后，他才跳了昆明湖。罗振玉说他是殉清，最懂他的人陈寅恪说他是殉文化。应该说，在诸遗老中，王国维是最早感觉到赤潮对传统文化的威胁的，十月革命不久，他就发出了警告。

王国维死前“义无再辱”的遗言，其实是深深的绝望，对文化的绝望。其实，这样的感觉，临死前的梁启超也是有的。多活了若干年的陈寅恪，在“文化大革命”中，还是被葬送在文化惨变之中，经受了不止一次的再辱。

遗老的殉节问题，其实并不尴尬，尴尬的，是这个时代。

（《作家文摘》总第1740期）

不恋帝制不信民主——监国者段祺瑞

·刘 怡·

段祺瑞早年曾就学于私塾，娴熟文墨，1885年李鸿章在天津紫竹林创办北洋武备学堂后，他即前往投考，入第一期炮兵科，是年20岁。当时，李鸿章正在为淮系陆海军采购德制克虏伯火炮，急需本国专业人员，段祺瑞自然成为最稀缺的专才。1889年，李鸿章又安排他和另外4人远赴德国埃森，在克虏伯厂总部学习新型火炮的构造、使用和保养。与北洋海军的赴英见习项目一样，短短一年的德国之旅“镀金”意义大于实效。但经过这番历练，段祺瑞在淮军中的晋升之路已经开启。1890年归国后，他即被任命为天津军械局委员，次年又任威海随营学堂教习。

袁世凯的倚重

1895年淮军在对日战争中遭遇惨败，北洋海军全军覆没，陆上兵力亦损失惨重。朝廷决意在津南小站另起炉灶，“参用泰西军制”编练一支新建陆军，由直隶按察使袁世凯督办其事。段祺瑞于1896

年投入袁氏麾下，任新军左翼第3营（炮兵）统带兼随营学堂监督，段祺瑞因此成为中国第一支野战炮兵的指挥官。

袁世凯决意逐步变朝廷的新建陆军为自己的私人武装，以之作为博取政治地位的筹码。段祺瑞既有武备学堂的履历和旅德经验，又以严正刚直著称，很快成为袁氏倚重的肱股。

袁世凯对段祺瑞极尽笼络之能事，他将义女张佩蘅许配给段作为继室，这就在上下级关系外又加上了一层翁婿之情。1909年袁氏受载沣排挤暂时隐退时，更将北京私宅赠予段祺瑞，信任之情溢于言表。

“共和将军”：袁世凯的代理人

武昌首义之后，清廷被迫于1911年10月14日重新起用袁世凯为湖广总督，节制海陆各军，并以冯国璋任前敌总指挥，负责对武汉的进剿。此时袁世凯已抱定“以抚为主”的主张，力图借民军的势头来逼迫朝廷实施立宪。然而冯国璋并不明了内情，居然真的攻下了汉口和汉阳，令袁氏的计谋无法推行。

12月初，已就任内阁总理大臣的袁世凯临阵换将，以更通“人情”的段祺瑞接任前敌总指挥。后者心领神会地撤出了部分部队，并派亲信靳云鹏、廖宇春等人与民军展开接触，达成四项协议：确定共和政体，推翻清政府，优待皇室；举袁世凯为临时大统领，以安北军将士之心；南北军出力将士一律优待；从速恢复各地秩序。这一方案甚至比袁氏本人的设想更为彻底，它跳过了妥协性的君宪模式，直接宣布共和，并把袁世凯本人置于共和后国家元首的位置。嗣后南北双方在上海的谈判即是以段祺瑞的方案为基础，只是将关于元首的条款改为“首先推倒清室者即举为临时大统领”，并获得了袁世凯的认可。

段祺瑞在辛亥之役中的作为，与袁世凯的授意固然大有关联，但他基于减少军人和平民伤亡的考虑，主动与民军实现停战，在当时获得了工商界甚至革命者的一致称道。嗣后由他牵头组织前线将领对清室逼宫，更是显出了“北洋之虎”的果敢凌厉。

“再造共和”：为袁氏安排体面退路

袁氏当国之初，段祺瑞先后出任陆军总长和代理国务总理，继续鞍前马后地为老上司效力。1913年底他奉命署理湖北都督，将在南方颇有人望的黎元洪裹挟北上；次年又兼领河南都督，主持镇压声势浩大的白朗起义。然而到了1914年秋，两人的关系发生了罕见的转折：袁世凯既已用武力平定东南各省，又借助《中华民国约法》掌握了立法和行政主导权，便转而尝试摆脱对北洋军的依赖，以进一步扩大个人权势。

段祺瑞对此自然心知肚明。他一来不满袁氏干预陆军部事务，二来基于一贯的民族主义倾向，反对与日本订立“二十一条”，遂于1915年春称病不理部务。

然而段祺瑞依旧保持了对袁氏个人的忠诚和情谊。当“中华帝国”难以为继之时，他受袁世凯之邀出任政事堂国务卿（后改回“国务总理”原名），为后者安排了较为体面的退路。1916年6月6日袁氏病逝后，段以国务院名义发布公告，援引《中华民国约法》（已在袁世凯称帝后被废弃）第29条，宣布由副总统黎元洪代行大总统职权。

“三造共和”：政治回报远不及前

袁世凯亡故之后，段祺瑞成了北洋军系统事实上的盟主。段祺瑞并未直接走上前台，而是着手将北洋旧将结合成同盟，共同操纵政局。袁世凯死后第三天，北方七省代表就在徐州集会，约定“团结团体，遇事筹商，对于国家前途务取同一态度”。9月20日，十三省督军又在徐州第二次集会，形成“督军团”这一各省军人势力的共同体，规定“国会开幕后如有借故扰乱与各省为难者，本团体得开会集议为一致之行动，联合公讨之”。段祺瑞自于北京任其国务总理，大小事务皆与徐州的督军团会议互通声气，权势较1915年之前更盛。

在这样一位总理之上担任大总统自然不是轻松的事，然而被段祺瑞作为过渡人物抬出来的黎元洪并不甘心成为傀儡，他以原国民党和中华革命党议员组建的宪政商榷会为依托，与总理府争权，形成两虎恶斗之势。到1917年5月，府院之间围绕对德宣战问题终于彻底决裂。5月21日，黎元洪免去了段祺瑞的总理职务，他深知国是若无督军团的认可势必难以为继，竟引火上身，求助于督军团会议盟主、长江巡阅使张勋。后者素有恢复帝制的念想，此时乘机要求黎元洪解散国会，并领兵进京。7月1日，张勋扶植清帝溥仪再度登基，史称“丁巳复辟”。

张勋复辟之举令黎段两人都大感意外，段祺瑞毕竟身为军人，反应极其敏捷，复辟不过两日，他就赶到了位于天津马厂的陆军第8师师部，宣布组成“讨逆军”，向北京挺进。7月12日，讨逆军攻入天坛和皇城，溥仪再度宣布退位，段祺瑞则在两天后复行总理之职。此即他的“三造共和”之功。

然而这一次，“捍卫共和”带来的政治回报远不及1912年和1916年来得丰厚。张勋的轻妄之举使得作为整体的督军团不复存在，余者再度发生分化，以湖北、江西、江苏三省督军为首的力量集结在代理大总统冯国璋周围，形成一个比黎元洪更具威胁性的权势中心。

段氏决意另起炉灶组织临时参议院，准备选举新国会。对此大感不满的150余名旧国会议员乃离京南下，与叛离北京政府的海军第一舰队主力一同到达广州，组成了以孙中山为大元帅的“护法军政府”，获得西南七省的响应。段祺瑞最初欲诉诸武力，他派遣第8、第20师开入湖南，企图击破倒向南方的湘军主力。但冯国璋巧妙地效仿辛亥故事，在11月中旬授意前线将领通电主和，护法军一侧的湘粤桂联军乘机攻入长沙，使段祺瑞的亲信、新任湖南督军傅良佐落荒而逃。11月22日，段祺瑞被迫引咎辞职。

执着于武力统一南北

1917年11月，段祺瑞召集的临时参议院修改了国会组织法和参众两院选举法，将两院议员人数分别削减为168名和406名。段氏的智囊、陆军部次长徐树铮随后就在宣武门外安福胡同组建了“安福俱乐部”，从陆军部公费中每月拨出30万元用于笼络、收买议员候选人，国会成为皖系的工具和附庸。

袁世凯帝制自为期间，欧美国家暂时中止了对华借款，加上护国战争引发的经济动荡，至1916年秋，北京政府的财政已濒临破产。此时日本新首相寺内正毅有意变更对华政策，以金融、外交等柔性手段扩大在中国的影响力，获得了段祺瑞的呼应。

段祺瑞在获得日本借款后，即以“准备对德参战”为借口，令徐树铮编练一支日式装备的直属新军，以为武力统一的基干。由于中国最终并未参与对德战事，参战军嗣后又更名为“西北边防军”。

1917年12月，皖系的安徽督军倪嗣冲和山东督军郑士琦在天津会议上说服了直系的第3师师长曹锟，湖南前线的战火遂重新燃起。徐树铮更劝诱处于超然地位的东三省巡阅使张作霖带兵入关，逼迫冯国璋同意继续南征。1918年3月23日，段祺瑞再度就任国务总理，“武力统一”重新成为北京的主流声音。但段祺瑞在这个关头犯下了两大错误——当第3师在3月26日克复长沙后，他并未将湖南督军一职授予曹锟的前敌总指挥吴佩孚，反而以未建寸功的皖系军人张敬尧为督军兼省长，使曹、吴迅速与他疏远。而徐树铮为震慑直系中的主和派，竟在6月14日悍然捕杀前第7师师长陆建章，使直军人人自危。吴佩孚遂于7月主动与南军启动和谈，并收兵北归。段祺瑞被迫于10月10日与冯国璋一同辞职，再度隐居幕后。

尽管被迫辞去国务总理之职，但继任者却是其得力助手靳云鹏，“安福国会”则选出了手无寸铁的老同事徐世昌作为新总统，两项都合于他的心意。边防军方面，徐树铮于1919年10月出兵蒙古，迫使后者取消“自治”、重新承认中国对当地的主权，一时蜚声海内。南方的护法军政府亦在1918年中进行改组，孙中山被迫出走，其正当性大大削弱。再度南征的最佳时机似乎即将到来。

“武统”大业灰飞烟灭

曹锟借助张作霖与徐树铮决裂的机会，组织起以“长江三督”

和东三省为中心的七省同盟，决意共同抵制皖系的“武力统一”政策。曹锟的得力干将吴佩孚则从湖南前线频频发出电报，要求废除段祺瑞与日本签订的《共同防敌军事协定》，并直斥“安福系危国祸民，腥闻天下”，宣称自愿“为国除奸，义无反顾”。1920年4月9日，直奉联盟在保定会议上提出了重组内阁、更换南北和谈代表、撤销督办西北边防事务处、将边防军收归陆军部管辖等主张，段祺瑞已无退路，遂自称定国军总司令，于7月14日正式与直系开战。

战事在短短五天内就决出了胜负，皖军共伤亡3600余人，徐树铮、王揖唐、段芝贵等10名首脑人物逃入东交民巷。7月23日，直奉联军进入北京，解散安福国会，皖系自此丧失对中枢的控制。

段祺瑞本人自然不必像他的智囊和干将们一般，或避居使馆，或出逃异邦。曹锟、吴佩孚念及与他的师生之谊，对他个人依旧予以优待。这位“北洋之虎”花了很长时间才接受自己的“武统”大业已经灰飞烟灭的事实，在审时度势之后，他突然变成了自己一向反对的缓和路线的推崇者。当直系也随着惯性开始投入“武力统一”的漩涡之后，段祺瑞转而策动浙江、福建两省的皖系残余势力和奉系以及两广组成“三角同盟”，共同针对直系。这种政治姿态加上残存的威望，使他在1924年第二次直奉战争之后成了主持大局的最佳人选——获胜的张作霖和冯玉祥形成了新的均势，需要一个无权无勇的元老级人物充当形式上的国家元首。1924年11月24日，段祺瑞就任临时执政，他又一次取消了《临时约法》，再度解散旧国会，但这一次主要是迫于奉军和冯玉祥国民军的压力。

1926年4月9日，起兵反奉的冯玉祥派鹿钟麟部包围执政府办公处，段祺瑞和各局局长避入东交民巷。4月20日，这位监国者离开北京返回天津寓所，最后一次脱离了政治舞台的中心。随后的十年里，他以学佛自遣，间或评论国是。1933年，他移居上海，受到早年保定陆军速成学堂毕业生蒋介石的优待，并曾被任命为国民政府委员（未就任），直至1936年病逝。

（《作家文摘》总第1854期）

1912：孙中山北上会枭雄

·羽 戈·

解职不是不理事

1912年8月24日，孙中山抵达北京。这块土地，他已经阔别了18年之久。18年前，不足30岁的他还对朝廷抱有幻想，北上天津，上书时任直隶总督、北洋大臣的李鸿章，为改革献策，却如泥牛入海，李鸿章以军务繁忙为由，拒绝延见。失望之余，他与陆皓东游历京津，以窥清廷之虚实，转而深入武汉，以窥长江之形势。那一年底，他在美国檀香山与同志成立兴中会，正式转向革命。现在他已是名动天下的革命领袖，而且革命果实已经成熟，唯一遗憾的是，作为革命果实的中华民国未能掌握在自己手中。

1912年2月12日，清帝退位。依照与袁世凯的约定，翌日，孙中山向临时参议院请辞临时大总统，并推荐袁世凯为继任者。3月10日，袁世凯在北京宣誓就任临时大总统。4月1日，孙中山前往临时参议院，正式解职，解职令云："赖国人之力，南北一家，共和确定，本总统藉此卸责，得以退逸之身，享自由之福。”

孙中山解去临时大总统职务之后，曾表示：解职不是不理事，还有比政治更紧要的事待着手。在他看来，清帝退位，民国成立，民族、民权两大主义已经实现，唯有民生主义尚未落地生根，这将是他和同志今后所当致力之事。他把推行民生主义称为“社会革命”，与政治革命相对。所谓社会革命，关键词包括实业、地权等。他告诉《民立报》记者：交通为实业之母，铁道又为交通之母。基于此，他提出要在10年之内修筑20万里铁路的理想和豪言。这正构成了其北京之行最直接的目的。

孙中山北上，还有一个目的，那就是通过面晤，看看袁世凯到底是什么样的人，能不能合作，有没有执政能力。

宴会上的不和谐一幕

孙中山抵京之后，日程安排相当繁忙。8月25日，国民党在湖广会馆召开成立大会，孙中山出席并发表《解决民生问题》的演说。会上，他被推为理事长。

27日，孙中山赴袁世凯宴，宴会之上，发生了极不和谐的一幕，据出席此次宴会的国务院铨叙局局长张国淦回忆：

> 中山来京后第三天，袁世凯在迎宾馆设筵为盛大欢迎，到者有四五百人，在大厅布置门形餐案，孙及其随员北面南向坐，袁及内阁阁员及高级官吏皆北向坐，北洋一般军官坐在东西两排，孙、袁在正中对坐。入座后说了一些普通客套话，吃过一个汤，第二个菜方送上来，便听到

> 西南角上开始吵嚷，声音嘈杂，说的都是“共和是北洋之功”，随着又骂同盟会，认为是“暴徒乱闹”，随着东南角也开始响应，并说“孙中山一点力量也没有，是大话，是孙大炮”“大骗子”。这时两排的军官已经都站了起来，在这吵嚷的同时，还夹杂着指挥刀碰地板、蹬脚和杯碟刀叉的响声，但都站在自己的座位呼喝乱骂。中山态度还是从容如常，坐在他旁的秘书宋霭龄也不理会。仍照旧上菜，只是上得很慢。
>
> 我当时想袁或段（陆军总长）该说一说，你们不能胡闹，但他们始终没有作声。闹了有半小时左右，似乎动作很有步骤，从当时的情形看，显然是预先布置好的。

唐在礼的回忆则不同于张国淦。当时他担任袁世凯的侍从武官。其回忆文章同样提及北洋军官在欢迎宴上闹事，不过不是8月27日这一场，而是黄兴进京之后：

> 黄兴后孙半个月到了北京，陈其美也陪黄同来。总统府举行了欢迎孙黄的公宴，袁世凯亲自到场主持……晚宴摆在居仁堂大殿。开宴之始，袁简单地讲了几句话，无非是竭诚欢迎、招待简慢等一套客气话。军事处副处长傅良佐本来打算讲些话出出风头，向民党人表示一下他在袁世凯面前很有地位。不想他讲话从恭维孙很自然地转而恭维袁，继而牵涉到政治，批评了民党几句，刺激了当时的上宾孙、黄。袁当场就阻拦了他一下，说：“我们今天欢迎孙先生、黄司令，不要说那些题外的话。”中山气量宽，看去

面无愠色。后来，袁埋怨傅那天的话说得很不得体，说："那些是我们背地里的话，你未经我事先许可，怎好随便讲呢？"

从袁世凯手中获得"筹划全国铁路全权"

孙中山北上，念兹在兹的是铁路。9月9日，袁世凯颁布临时大总统令，特授孙中山以"筹划全国铁路全权"，满足了他的愿望。其内容包括：

（一）借款：纯然输入商家资本，不涉政治意味；（二）权限：未动工之路概归孙中山经营，已修未成之路线管理权限尚需与交通部详细商定；（三）公司：择地修建，尚未觅妥；（四）经费：暂由交通部每月拨款3万元以资开办，日后再行续筹；（五）用人：公司内一切用人之权，归中山主权，政府概不干预。

在孙中山的敦促之下，9月11日，黄兴抵京。袁世凯与孙、黄会晤之后，并电询黎元洪同意，遂以四人之名，发布"内政大纲"八条：

（一）立国取统一制度；（二）主持是非善恶之真公道，以正民俗；（三）暂时收束武备，先储备海陆军人材；（四）门口开放，输入外资，兴办铁路矿山，建置钢铁工厂，以厚民生；（五）提倡资助国民实业，先着手于农林工商；（六）军事、外交、财政、司法、交通，皆取中央集权主义，其余斟酌各省情形，兼采地方分权主义；（七）迅速整理财政；（八）竭力调和党见，维持秩序，为承认之根本。

对此大纲，上海《时报》评曰："袁孙黎黄之八大政纲，质言之，两派协议之交让条件耳。"交让者，妥协也。这句话，同样适用于评价孙中山所获得的"筹划全国铁路全权"。

对袁世凯的预测四年后不幸言中

9月17日，孙中山离开北京，一路南下。

10月3日抵达上海。6日，国民党在张园举办欢迎会，三千余人参加，孙中山发表演说，谈赴京观感：

> 余在京与袁总统时相晤谈，讨论国家大政策，亦颇入于精微。故余信袁之为人，甚有肩膀，其头脑亦甚清楚，见天下事均能明澈，而思想亦很新。不过作事手腕稍涉于旧，盖办事本不能尽采新法。革命起于南方，而北方影响尚细，故一切旧思想，未能扫除净尽。是以北方如一本旧历，南方如一本新历，必新旧并用；全新全旧，皆不合宜。故欲治民国，非具新思想、旧经验、旧手段者不可，而袁总统适足当之。

其中一些话，一个月前，孙中山在北京之时，接受上海《时报》特派记者黄远生访谈曾经说过。黄远生问："究竟先生对于袁总统之批评如何？"孙中山答："他是很有肩膀的，很喜欢办事的，民国现在很难得这么一个人。"黄远生问："他的新知识、新思想，恐怕不够么？"孙中山答："像他向来没有到过外国的人，能够这么清楚，总是难得的。"黄远生问："他有野心没有？"孙中山答："那是没有的。他不承认共和则已，既已承认共和，若是一朝反悔，就将失信于天下，外国人也有不能答应的。除非他的兵不特能够打胜全国，并且能抵抗外国，才能办到。这是怎么能够的事情？"

对照访谈与演讲，可知孙中山的眼光之犀利、高远。他预测袁世凯背叛共和所可能面临的危局，四年之后，不幸而言中。

（《作家文摘》总第1990期）

1926年的孙中山诞辰纪念

·韩福东·

湖南省教育会前的广场上，搭了两座高台。下午3点开始，台上同时演唱各种戏剧，吸引了两万余观众。台前是松柏和纸花扎成的牌坊，嵌以五色电灯，缀以鲜丽花圈，周围则满是各种标语。礼堂中央悬挂的是孙中山遗像，像前供奉的果品和挂屏，显示出这是一次纪念死者的盛会——所谓的庆寿礼。

时为1926年的11月12日，共和已经喊了15年，但这个社会的骨子里仍然是千秋万代的政治偶像崇拜。次日才是国父诞辰60周年，而前戏已经开始。

距离孙中山撒手人寰才一年多时间，但“联俄、联共、扶助农工”三大政策却已在革命的炮火中落地开花。似乎有他幽冥中的助力，北伐军此前刚刚攻克了江西的九江、南昌等处，对国民党永远且唯一总理的诞辰纪念，因此格外有了庆祝的色彩。

据《申报》1926年11月19日题为《湘省纪念中山诞日大运动》的报道，12日上午8时，湖南各机关全体职员，在省政府集合而后来到省教育会礼堂，依照仪式进行致祭，各界代表一整天络绎不绝，相关的统计称人数约达20万，为空前所未有。祭祀活动直至下午4时始告结束。而后大家提灯游街。到6点则举行了一次意味深长的会议。

会议的仪式，照例从向总理遗像、国旗、党旗行三鞠躬礼开始，再读遗嘱。大会主席易礼容——几个月后他将成为判死土豪叶德辉的五人小组成员——向大家报告本日提灯游街的意旨，无外三条。一、希望到会群众继续孙总理革命精神，努力奋斗。这说的是纪念孙中山的层面。二、庆祝北伐军克复南浔，望群众继续团结，以坚固后防，帮助武装同志。这是庆祝革命的视角。三、铲除内部反动派。这是最有意思的论述，它显示出革命者内部的派系斗争，已经成为相当显耀的公开议题。

从接下来经过全体举手表决通过的13条议案中，可以看出革命者在湖南的主要重心所在：肃清吴（佩孚）赵（恒惕）余孽；肃清反革命派；剿灭沈（鸿英）韩（采辉）余孽；巩固北伐后防；统一财政；废除苛税杂捐；肃清西山会议分子；严惩土豪劣绅贪官污吏；肃清国家主义派；拥护国民政府；拥护国民革命军；打倒帝国主义；政府须绝对服从民意。

这里所要肃清的“国家主义派”，指的是曾琦、李璜所创立的青年党，他们鼓吹国家主义、民族主义，反对阶级斗争，也反对苏联的干预，因此是北伐军的眼中钉。西山会议派，则是名副其实的“内部反动派”，代表人物有林森、戴季陶等人，他们是国民党内的右派，要求清除共产党，以保证青天白日旗的纯正性。这对孙中山“联共”政策当然是一次背离。

13条议案通过后，与会政治领袖高呼“总理精神不死”“三民主义万岁”等多达23个口号，也可说明他们理念上的一元主义排他性，这反映在政体建构上，必然呈现专制面貌。

与这种排他性理念相呼应的，是13条议案中的最后一条“政府须绝对服从民意”。专制与民粹完美进行嫁接，从而让自上而下的镇压异见传统，升华为上下互通的暴力狂欢。

发起“马日事变”的许克祥的回忆，颇能说明这种操作模式的强制裹挟性。1927年春，他利用率领士兵到长沙附近作野外战斗演习的时机，到一个原来很熟的农人张春生家里去谈天。

许克祥问：“老张，你的东家对你怎样？现在湖南各乡村农民协会都成立了，要向你的东家清算，把他的田分给你们，还要把他扫地出门，活活地饿死，你的感想怎样？”

张春生迟疑了多时，将许克祥引入他的内房，才低声说：“我与我的东家，相处几十年，素来相安无事，如今一班地痞流氓，横行无忌，只有他们的世界，要我发动向地主清算，把他活活地饿死，未免太残酷了！我不能做，中国固有道德，是讲人道的，农人要吃饭，地主也应该使他有生路。我们做佃农的只要勤俭，将来都有做地主的日子，……这种流血的土地改革，我们农人是绝对不同意的。但现在的政权被他们所窃据，我们被它们所胁迫，真是莫可如何！”

打土豪的民粹盛宴，背后有复杂的推动机制。大民主的表象下，是不断以激进专制手段速成改造社会的梦想。

（《作家文摘》总第1704期）

孙凤鸣刺汪

· 胡连俊 ·

1935年11月1日，国民党四届六中全会开场，100多名中央委员齐集南京湖南路中央党部举行开幕式。蒋介石宣布开会后，委员们便集体去紫金山中山陵谒陵，9时许再回到中央党部，由中央常委兼行政院长汪精卫致开幕词。而蒋独自去礼堂旁小楼的二楼休息。约20分钟后，众人鱼贯而出，在中央政治会议厅前合影。汪两次上楼请蒋一起拍照，均被蒋拒绝。原来蒋看到出席会议的张学良、阎锡山等都带保镖来了，形势有点乱，感觉不安全。他对汪说："我不去，我劝你也别去。"

汪请不动蒋，自己下楼与众人一起合影。9时35分，委员们摄影完毕陆续转身走上台阶，准备上楼去参加预备会议的时候，一名刺客突然从记者群中闪出，高呼"打倒卖国贼"，向汪精卫连开三枪，枪枪中的，一枪中左臂，一枪中左颊，一枪打在背部肋骨上。汪应声倒地，现场顿时大乱。张静江滚倒在地，孔祥熙一头钻到附近一辆汽车底下，张继迅速跑到孙凤鸣背后，将他拦腰抱住，张学良一脚踢落孙凤鸣的手枪，汪精卫的卫兵还击3枪，击中孙凤鸣的胸部。此事经媒体报道后惊动世界。次日的国民党《中央日报》也惊呼："汪院长昨晨被狙击，中央极度震惊。"

刺客身份很快被认定，他就是晨光通讯社的记者孙凤鸣，也是事发前刚刚拿到第65号"特别记者证"的采访记者。当局竭尽全力抢救孙凤鸣，动用的医疗人员、设备甚至超过了对汪的救治。医生奉命每小时注射强心针10余次，尸检时，孙凤鸣身上竟有针孔百余处。当局希图从他嘴里了解行刺的背景，孙凤鸣只是说："我是大老粗，我就凭我的良心行事，没什么背景。请你看看地图，整个东北和华北，那半个中国还是我们的吗？六中全会开完就要签字，再不打，要亡国做亡国奴了！"11月2日凌晨2时，孙凤鸣平静地离开人间。刺汪背景未查清，舆论众说纷纭：一说是共产党指使的，一说是李济深指使的，一说是蒋介石指使的。

8年后，汪精卫因被孙凤鸣行刺后骨骼留下的子弹中毒，死于日本名古屋。

刺汪事件发生后，当事人和关联人有40多人被抓捕，10多人被杀害。晨光通讯社社长、刺汪的组织者华克之和孙凤鸣的妻子崔正瑶等已提前撤往香港。为了营救被捕同志，他们决定派人返回做工作。逃亡香港的人几乎都遭到通缉，崔正瑶未上通缉名单，她挺身而出，愿赴此任。华克之又安排一个叫谷子丰的男青年陪同保护。然而，回到上海没几天，谷子丰被捕，供出了崔正瑶。当局得知崔的身份后，极力想从她身上打开缺口。但，崔正瑶受尽酷刑凌辱，坚不开口，最后被残忍地挖掉双乳、耳朵……几乎是被凌迟处死。

华克之后来从香港辗转来到延安，受到毛主席的接见，当面要求加入共产党。毛主席告诉他："你这不是给蒋口实吗？知道你是共产党员，蒋会跟我们要人。还是留在党外做工作好。"于是，毛主席写信将他介绍给在华南领导地下工作的潘汉年，从此，他便成为潘的重要助手，做着不显山露水的地下工作，并于20世纪40年代由廖承志介绍入党。新中国成立后，华克之担任公安部一司长，因受潘汉年案的牵连而入狱22年。

直到20世纪80年代中期，潘案平反，华克之得以清白。

50年后，华克之回忆了当年刺汪和孙凤鸣的情况。

孙凤鸣16岁随父闯关东，适逢“九一八”事变，他结识了到东北去开展学运的上海进步学生王清华。孙凤鸣的父亲因战乱返回家乡，而孙凤鸣由王清华介绍到上海投奔了十九路军，先后担任排长、代理连长。之后十九路军被调往江西剿共，孙凤鸣不肯前往，遂脱下军装，游走江湖，寻找志同道合者。

华克之说：“一次，我们在仪征偶然相遇，又都怀着反蒋抗日思想，我们相识了。当时凤鸣刚刚离开十九路军，我也从金陵大学退了学，我们便走到一起来了，从上海到南京。为了靠近蒋，组织了晨光通讯社。”说起刺汪的动因，华克之说：“刺汪没有任何人指使，是我们一群爱国青年的自觉行动。我们的目的是刺蒋。结果，汪成了替罪羊。”至于如何与李济深有了联系，华克之说：“组织通讯社要经济支持，我们才去求助李济深。当时，李因在福建组织政府失败流落香港，听到我们是为反蒋抗日，十分赞成。于是，在经济上支持了我们一下。刺汪之后，我潜往香港，又求助于李，并请他安排了凤鸣的养子。”

（《作家文摘》总第910期）

蔡元培：从翰林学士到革命党

·范福潮·

自孙文创立兴中会，革命之声骤起，十年之间，自海外传入国内，青年学子无不以革命为天职，而以翰林之身创立会社，鼓动学潮，继而成为革命党首领者，蔡元培是第一人。

都无做官意，惟有读书声

蔡公字鹤卿，号孑民，同治六年十二月十七日（1868年1月11日）出生于绍兴府山阴县。15岁中秀才，23岁浙江乡试中举，翌年进京会试，中第81名贡士，他担心字写得不好，未参加殿试，隔年（1892）入京补行殿试，中二甲第三十四名进士，授翰林院庶吉士，因其“年少通经，文极古藻”，颇受本科正考官翁同龢赏识。

甲午一役，洋务派官僚企图从军事、技术上追求富国强兵的梦想彻底破灭，清朝君臣昏庸、政治腐败、军事无能的弱点在世人面前暴露无遗，这给了欲从政治改革入手保国强国的维新派一试身手的机会。康、梁发动的“戊戌变法”，得到了光绪帝和一些汉族官僚的支持，但当激进的变法触犯到了统治集团中保守派的利益，新旧两派的矛盾迅速恶化。身处变法运动中心的蔡公，在感情上认同维新派的某些主张，但在行动上却不屑与康、梁为伍。

罗家伦就此事询问情由，蔡公从容言道："我认为中国这样大，积弊这样深，不在根本上从培养人才着手，他们要想靠下几道上谕，来从事改革，把这全部腐败的局面转变过来，是不可能的。我并且觉得他们的态度也未免太轻率。"

这时，蔡公的思想已在悄然发生变化，他不像某些翰林学士钻营投机，奔竞仕途，而是广泛阅读西方新书，认真思考救国之道，严复所译《天演论》对他影响巨大，他对达尔文、赫胥黎、斯宾塞学说的了解，即得益于严复的介绍。"都无做官意，惟有读书声"，他写了这副对联，挂在书斋自勉。

变法失败后，康、梁逃之夭夭，令他看不起，六君子中，蔡公最佩服谭嗣同。他认为，"康党所以失败，由于不先培养革新之人才，而欲以少数人弋取政权，排斥顽旧，不能不情见势绌"。他对慈禧滥杀维新人士深感愤慨，对顽固守旧势力把持的清政府彻底失望，遂抛弃京职，投身于教育事业。

创办学社，培育革命党

1898年9月，蔡公出京返籍，徐树兰聘他担任绍兴中西学堂监督（校长）。徐是绍兴名绅，著名的古越藏书楼主人，中西学堂是徐氏用公款开办的一所新式学校，既有旧学，又有外语和自然科学，外语课原来设有英、法文，蔡公到校后增设了日文。文、史、哲教员都是饱学之士，学生依年龄和国学程度分为三斋，民国时期的北大校长蒋梦麟、北大地质学教授王烈当时都是第一斋学生。

蒋梦麟回忆道："蔡先生年轻时锋芒很露。他在绍兴中西学堂当校长时，有一天晚上参加一个宴会，酒过三巡之后，他推杯而起，高声批评康有为、梁启超维新运动的不彻底，因为他们主张保存清皇室来领导维新。说到激烈时，他高举右臂大喊道：'我蔡元培可不这样。除非你推翻清政府，任何改革都不可能！'"

1900年正月下旬，徐树兰派人把《申报》刊登的上谕送给蔡公，嘱他"自当以名教纲常为己任，以端学术而正人心"，"恭录而悬诸学堂"，他不愿以名教纲常毒害学生，复书辞职。

1901年，蔡公应上海澄衷学堂总理（即校长）刘葆良之请去南洋公学任特班总教习。南洋公学是盛宣怀1897年奏请朝廷，用电报局、招商局款开办的一所新式学校，以培养洋务人才为宗旨。特班学生皆为通古文辞者，非请翰林授课，难以压堂，故聘蔡公为总教习。

南洋公学中最为蔡公赏识者有邵力子、胡仁源、谢无量、李叔同、黄炎培、贝寿同等，后来皆为民国政学界名人。蔡公在南洋公学虽无大建树，却结识了两位后来一起投身革命大名鼎鼎的同志，一个是章太炎，一个是吴稚晖。

1901年冬，南洋公学中院五班学生因将墨水瓶放在教员郭振瀛座位，致郭不满，辱骂学生不敬师长，因无法查出肇事者，遂将全班学生记大过一次。学生不服，找学堂总办交涉，要求解雇郭振瀛，收回成命，总办不允，五班学生决定全体退学。蔡公受美籍督办指派与学生对话，他既同情学生，又不愿看到他们失学，尤其是特班学生因此而牺牲其保举经济特科的资格，就个人前途而言甚为可惜，在交涉无果之后，他亦"引咎而辞职"。

蔡公将退学的学生组织起来，募款设校，沿女校之名，曰爱国学社，请吴稚晖、章太炎为教员。不久，章士钊带南京陆师学堂十余名退学学生亦来学社，蔡公请章士钊向学生教授兵操，他亦剪发，穿短衣，与学生同在操场训练。“留日学生因东三省俄兵不退，发起成立军国民教育会，于是爱国学社亦组织义勇队以应之，是时，爱国学社几为国内唯一之革命机关矣。”

从暗杀团到光复会

与吴稚晖之嬉笑怒骂、章太炎之大义凛然、邹容之杀气腾腾相比，蔡公认为满人入关260年，无论其血统、其风俗、其文化，早已被汉人同化，“由是而言，则又乌有所谓‘满洲人，者哉！”是故，他不赞同邹容《革命军》中“杀尽胡人”之说。

时至清末，多数汉人已无种族之见，所谓排满，实为反专制反暴政也，蔡公认为：“各省官吏勒索赔款，公行贿赂，以为彼政府敛怨于平民者，皆足以动摇满洲人之基本，而为多数汉族之功臣！实心举行新政者，宜斥为助桀之民贼而诛之！”蔡公觉得政府腐败有利于唤起民众，新政改革不利于鼓吹革命，蔡公此论实为日后《民报》诸君攻击梁启超君主立宪定了调子，同盟会纲领中，“驱逐鞑虏”实是幌子，“建立共和”才是真意。

邹容因在日本参加反清活动无法立足，回沪后投奔蔡公，他将邹安置在爱国学社，妥善照料，并筹款帮他出版《革命军》。此事早被清廷掌握，将蔡、吴、章、邹列入了密捕名单，视蔡公为首犯，无奈爱国学社和《苏报》俱在租界，一时难于下手，经与外国领事及租界工部局交涉，巡警捱至闰五月才采取行动，初六在爱国学社逮捕了章太炎，第二天，邹容到捕房自首，此即轰动全国的《苏报》案。蔡公为留学德国四月去青岛学德文，有幸躲过一劫。

《苏报》案后，国内的革命运动已经公开化，蔡公亦开始加紧实行他的革命手段，他一面密租房屋，一面购置仪器与药料，制作炸药，并与黄兴取得联系，黄从东京给他送来弹壳，制成炸弹后派人秘密运往南京偏僻处试爆。

1903年11月，黄兴在长沙组建华兴会，联络身在上海的蔡公，欲在慈禧七十岁寿辰在长沙起事，约他在长江下游发动各省志士配合，蔡公联络江浙一带的革命党人陶成章等分头准备。此后一年间，蔡公以爱国学社为机关，以来自东京的军国民教育会成员何海樵、杨笃生、吴樾为骨干，组织暗杀团，拟定的第一个暗杀对象竟是慈禧太后！

鉴于形势的发展，为配合孙、黄领导的国内外革命组织的活动，蔡公认为有必要在江浙成立一个革命组织，他与陶成章、徐锡麟及狱中的章太炎商议改组暗杀团，重订章程，建立了一个新的组织“光复会”，蔡公被推举为会长。此时的蔡公，已与孙、黄并列，成为当时三大革命团体的首领之一。

短短六年时间，蔡公从一个前程远大的翰林学士转变成革命党首领，其根本原因在于清廷不藉改革还政于民、让权于汉，反以推行新政之名攘夺汉族官僚权力，集权于皇室亲贵，自私短视，与民为敌，终将体制内大批有理想、有抱负之硕彦英才逼入革命阵营。

（《作家文摘》总第1799期）

儿子眼中的黎元洪

·陆其国·

武昌起义爆发之后

就像袁世凯于戊戌变法期间突然“扬名”一样，他的儿女亲家黎元洪，也是于武昌起义爆发后一举成名。有意思的是，两人当时显然都不愿意暴得这个大“名”，然而其“名”却还是不期而至。

武昌起义爆发时，黎家住在武昌中和门正街，离楚望台军火库相距仅半里。起义枪声打响后，黎元洪的儿子黎重光眼里“不赞成革命”的父亲匆忙换上便服，到参谋刘文吉家躲藏起来。结果被刘家卫兵向革命军告发。此时革命军正在到处寻找黎元洪，不是要杀他，而是要请他出来任都督，做革命军领袖领导这场革命。这当然是黎元洪万万没有想到的。因事发突然，所以难免要费一番口舌。结果是黎元洪被“强行说服”，当上了都督。

黎重光后来曾自问，他父亲既不是革命党人，又不赞成革命，为什么大家要推举他当都督？

对此，他分析了三个原因。一是当时起义军中少有人懂军事。而他父亲毕业于北洋水师学堂，出身海军，曾赴日本考察陆军，懂军事；新军建立，又参加过军事学习，并在太湖、彰德二次秋操中取得良好成绩，这一切都使他在湖北新军中建立了较高威望（黎重光还有一点没说，那就是在举世震惊的中日甲午之战中，参加此役的黎元洪的表现也可圈可点）。二是当时军队中普遍存在剋扣军饷、中饱私囊的情况，而他父亲所部绝无此现象，所以士兵拥护他。三是他父亲经常住在军营中（其他军官多经常住家里），过年也不回家，还带着他去营房向士兵拜年。如此“亲民”，无疑为他父亲建立了一个良好的人脉平台。

与袁世凯成为儿女亲家

据黎重光回忆，袁世凯当上总统后，对他父亲留在湖北兼任都督很不放心，所以就力邀他父亲北上。而他父亲觉得革命已经成功，军队似无保留必要，也愿意北上。于是1913年冬，他们一家来到北京，由袁世凯安排，住进南海瀛台。

瀛台四面环水，形如孤岛，是当年慈禧太后囚禁光绪皇帝的地方。居住于此，黎元洪当然不会没有想法。黎重光说，有一次他母亲患病，他父亲向袁世凯提出，瀛台太冷，不适合病人居住，要求搬出。经他父亲一再要求，袁世凯为了缓和与他父亲的关系，干脆花了10万块钱，在东厂胡同买了一处房子送给他父亲，他们一家才于1915年搬出瀛台。不过在黎重光印象中，他父亲不是一个甘于无功受禄的人，袁世凯为他父亲破费买房相赠的事，一直让他父亲耿耿于怀。1916年袁世凯死后，他父亲终于有机会送上10万元奠礼。

也是10万之数，知情者一望而知，黎元洪是用以还欠袁世凯的情。

袁世凯在总统任内，为和黎元洪捐弃前嫌，并与之结好，便托唐在礼前往说亲，提出将黎家女儿绍芳（当时年仅8岁），嫁给袁家儿子，九儿、十儿年龄相仿，任选。袁家则将女儿嫁给黎重光为妻。黎重光说，这事遭到他母亲坚决反对，尤其排斥袁家女儿做她媳妇，说这样的媳妇让她吃不消。后来黎家经过商量，觉得一概拒绝，未免有拂袁家一片美意，太伤感情。最后黎女与袁家九儿克久定了亲。

在黎重光看来，这是一桩不幸的政治上的封建婚姻，似乎也预示着其结局同样会不幸。果然，随着他妹妹年龄增长，越来越对自己的婚姻不满，终日郁郁寡欢，成了精神病。后回娘家疗养，不久进精神病院治疗，终告不治，遗憾去世。

总统期间的袁世凯更关心的是自己做皇帝的事。黎重光曾听袁世凯问他父亲："近来有许多人要我做皇帝，亲家，你怎么看?"接着又表白道，"这些人当然是胡闹。"而他父亲则回答道："革命的目的是推翻专制，建立共和。亲家，如果你做了皇帝，怎能对得起武昌死难烈士?"

据黎重光回忆，此话一出，袁世凯就不再与他父亲提及做皇帝的事。而其帝制自为活动，且更变本加厉。

黎重光还回忆道，袁做皇帝时，曾封他父亲为"武义亲王"，被他父亲拒绝。他父亲反对帝制，袁既惧又恨。为了防袁暗算，他父亲的秘书刘钟秀经常到日本公使馆了解袁的动态。刘留学日本，故与日公使馆人员相熟。但此事不久被袁获悉，因此对刘进行反侦察。刘为自身安全计，不得不停止活动。可见虽为亲家的袁、黎二人，非但不"亲"，还彼此防范，作为子女，难免不受到影响。

张勋复辟事件

袁世凯死后，当时的内阁总理段祺瑞对总统继任人选考虑了很久。据黎重光回忆，辛亥革命后曾任北京政府国务院秘书长的张国淦告诉他说，“段曾召集幕僚整整开了一夜会，商讨要不要让副总统黎元洪继任总统。段拿了笔，考虑了一夜，想不出好主意，最后把笔向地上一甩说：‘好吧！去接他来吧！’”

在黎重光看来，当时北洋派是不欢迎南方军人来做总统的，因此，他父亲就任总统后，就把内阁改为责任内阁，把权力集中在国务总理身上。如此做，可以看出他父亲并没有揽权的政治野心。

没有政治野心的人当然也会发脾气。1917年7月，张勋搞复辟这天，当清晨消息传来，黎重光在家里听到父亲大发脾气，原来是曾任废帝溥仪师傅且与张勋沆瀣一气的梁鼎芬在劝他父亲“归政”，并说“归政”后可获加封，由此深深激怒了他父亲，梁鼎芬也因此遭到他父亲一顿痛骂。黎重光清晰地记得，这天他父亲的情绪很不好，坐立不安，特别烦躁。晚饭后，看到他一个人闷闷不乐地朝后门走去，家人怕出意外，就让几个人跟着，黎重光也在其中。跟了一程后，被他父亲发现了，就又发了火，说他只是出来走走，把大家骂了回去。

但这天晚上，黎元洪还是出门去与刘钟秀和北京政府参谋本部次长蒋作宾等人商议，决定一旦发生不测，就去东交民巷法国医院避难。后来黎元洪一度曾往日本公使馆。他在那里发出了两道命令：第一道是命段祺瑞复任国务总理；第二道是下令讨伐张勋。

张勋复辟闹剧被平息后，黎元洪离开日使馆回到东厂胡同的家。然而不久后的一天，黎宅发生了一名卫兵刺黎未遂，却刺死一名卫队官的事件。为防不测，黎元洪一家遂搬入天津租界居住。

（《作家文摘》总第1628期）

清末刺客

·薛 涛·

刺杀成风

根据有历史记载的真实事件，清末革命党人策划的刺杀事件有50多起，其中最有名的是1908年汪精卫刺杀摄政王。

当时，身为同盟会重要领导的汪精卫之所以成为刺客，是同盟会领导了多次起义均告失败，反对派趁机攻击革命党人，并嘲讽孙中山等同盟会领导只会躲在国外煽动国内的热血青年送死。于是，汪精卫挺身而出，到北京刺杀清廷高官以证明革命党不是贪生怕死之徒。

对于晚清的革命党刺客而言，万福华是真正的先驱。1904年，万福华在上海刺杀前广西巡抚王之春，揭开了晚清刺杀风潮的序幕。后来相继有1906年杨卓林谋刺两江总督端方，1907年徐锡麟刺杀安徽巡抚恩铭，1911年李燮和、陈方度谋刺广州巡警道台王秉恩，蒋翊武谋刺湖广总督瑞徵等。

还有大名鼎鼎的蔡元培。蔡元培曾参加杨笃生领导的暗杀团，与陶成章等人秘密创立光复会。谁能想到清末的翰林、后来的北京大学校长，也曾投身于革命党的刺客组织呢？对清末革命党人来说，推动革命的胜利，是他们毕生的志向。

京畿的暗杀团

1912年1月1日，中华民国临时政府在南京成立。清廷中以袁世凯为首的北洋军势力试图与南方革命党人议和，而以良弼、溥伟、铁良等人为首的满人贵族，则组建了“君主立宪维持会”（宗社党）。“宗社党”强烈反对南北议和，要求准许袁世凯离职，并以军咨使良弼为总揽文武之全权大臣，要求隆裕太后坚持君主政权，并从各处调兵南下镇压革命党。

良弼，字赉臣，满洲镶黄旗人。1899年成为第二批赴日本士官学校学习的留学生，毕业回国后被任命为练兵处监督，负责编练新兵。良弼是满人贵族中少有的军事人才，他看不惯那些混吃等死的族人，曾试图游说留日士官生一起以军事强国，避免暴力革命。清廷改军制、练新兵、立军学等军事活动，良弼均曾出谋划策。1911年武昌起义爆发后，良弼升任军咨使兼镶白旗都统，成为清廷力战派的代表。

但是，南方十余省先后通电起义，已经吓破了清廷内阁的胆子，良弼力战的想法并不被内阁接受。于是，良弼与铁良、载泽等人成立宗社党并担任首领，强烈反对袁世凯的南北议和主张。可以说，良弼已经成为南方革命政府的大敌，成为民主共和道路上的一大阻力。

京津同盟分会成员分析后，认为北方革命之所以连遭挫败，都是因为敌人在北方的力量过于强大。擒贼先擒王，必须杀掉那些掌握军政大权的重臣，才能推进北方的革命。于是，京津同盟分会成立了北方暗杀部，由担任分会军事部长的彭家珍负责领导，作出刺杀清廷内阁总理大臣袁世凯、军咨使良弼、宗社党骨干载泽的计划。

北方暗杀团成员每日在京郊的十三陵、门头沟等地练习爆破和刺杀，进行演练，提高技能。1912 年 1 月 16 日，暗杀团前往东华门行刺袁世凯，遭遇失败。

最后的刺客

汲取了刺袁失败的教训，革命党人彭家珍反复研究，认为街头狙击不易成功且敌人极易逃脱，上门直接在室内刺杀更容易得手。如果增强炸药的威力，想必能达到一举击杀的效果。1 月 19 日，在得知良弼等宗社党骨干到资政院参加联席会议后，彭家珍设法取得一亲贵旁听证，携带炸弹前往资政院。不料，这次会议时间极短，当彭家珍来到时，宗社党骨干早已离席而去，计划落空。

数日后，彭家珍得知良弼准备亲自督师南下，绞杀革命政府。他觉得形势危急，正难以寻觅接近良弼之机时，一次偶然的机会，他去金台旅馆约见朋友时，偶然发现了奉天讲武堂监督崇恭的名片，询问后得知崇恭遇事外出，过几日才回。彭家珍曾在奉天讲武堂任职，和崇恭的相貌颇有几分相似，对崇恭的言行举止了如指掌，知道崇恭和良弼之间关系密切。于是，他决定冒充崇恭前往良弼府邸刺杀。他先以崇的名义拍发假电报给良弼，后又准备持崇的名片携带炸弹到良弼住处。

这位同盟会历史上最后一位刺客，在临走前留下了一封绝命书，“诸同志兄弟姊妹鉴：不佞自入同盟会以来，不敢不稍尽责任，惜才力薄弱，未见大效，抱愧奚如……有军事智识且极阴狠者为良弼。此人不除，共和必难成立，则此后生民涂炭，尚何堪设想乎？今除良弼之心已决……共和成，虽死犹荣”。

良弼也确实值得革命党人重视。良弼被刺后，在遗言中说：“上年我奏请释党人，开国会，皆不我听；今秋变起，请以禁军赴前敌，又不我用，而委之荫昌；内廷纷争，外环四起，我宗社之亡将无日矣！我见政府不可为，始组织宗社党。”良弼还策划一旦战败，就迁都热河，退保东北。所以，刺杀良弼，对清廷的力战派是最强的一击。

彭家珍牺牲后，孙中山褒奖他“诛除大憝以收统一速效”之功，追授他为陆军大将军，将他和杨禹昌、黄之萌、张先培三烈士同葬，并与黄兴、蔡元培等人出席追悼大会。新中国成立后，毛泽东也签发了彭家珍烈士光荣革命纪念证，并亲自为他题词“丰功伟绩，永垂不朽”。

（《作家文摘》总第1984期）

端方的脑袋是怎么丢的

·雪　珥·

1909年6月28日，清朝廷任命端方出任直隶总督，接替两天前突然去世的杨世骧。这样一名省部级官员的任命，却引起了万里之遥的美国的强烈关注。美国各大报纷纷在次日进行了报道。《华盛顿邮报》报道的题目就是《塔夫脱（总统）观察中国，从端方的任命看到伟大的商贸开放》。

体制内的改革先锋

48岁的端方此前担任两江总督。大清国九大总督，权力很大。而其中尤以直隶与两江为重，分别兼任北洋大臣和南洋大臣，参与外交商贸。

端方既是根正苗红的旗人，又出身于科举正途，名列“旗下三才子”之一，戊戌变法时，还只是厅局级干部（道员）的端方，被赏加三品卿衔，主持新设立的农工商总局的工作，参与到改革实践之中。戊戌政变后，端方继续受到重用，担任了陕西布政使，并代理巡抚。义和团运动期间，在端方的强力维持下，陕西境内民教和谐、中外相安，没有出现大规模的动乱，这也是八国联军入侵后，慈禧太后和光绪皇帝选择逃难到西安的重要原因。当他在两江担任总督时，“设学堂，办警察，造兵舰，练陆军，定长江巡缉章程，声闻益著”（《清史稿》）。

端方在朝野的口碑都不错，“尤有政治才，在满人中亦不多见”（邵镜人语），“为近时之贤督抚”（严复语）。当时的留学生，包括那些倾向于排满革命的人士，也与他保持着相当不错的私交。在他的幕府中，人才荟萃，既包括刘师培这样的无政府主义者，也包括蔡锷这样的革命党人。

端方最为主要的履历，是1905—1906年与戴鸿慈、载泽等带团出访欧美10国，历时8个月，考察政治。回国之后，端方等总结考察成果，上《请定国是以安大计折》，力主推行政治体制改革，他们编纂的《欧美政治要义》，成为中国立宪运动的奠基之作。而早在出国考察前，端方就是少数坚定地要求进行政治体制改革的旗籍官员之一。尤其是1905年的日俄战争“立宪”日本战胜“专制”俄国后，在中俄这两个世界上最大的专制国家内，同时爆发出了政治体制改革的呼声。据说，端方在觐见慈禧时，太后问：“新政都在施行，朝廷该办的都办了吧？”端方立即回答道：“还有一事，尚未立宪。”慈禧问：“立宪又能如何？”端方说：“朝廷如行立宪，则皇上可世袭罔替!”这令慈禧动容沉思良久。

革命的投名状

1911年，端方受命督办川汉、粤汉铁路。此时正值中央大力推行铁路国有化，整顿铁路建设的混乱局面。民营的四川铁路公司趁机要求政府承担其数百万巨额亏损，遭到政府严拒，民营公司随即指责铁路国有化是为了引进西方资本的“卖国”行为，革命党乘势鼓动，四川局势迅速糜烂。

在这危难之际，端方受命带领湖北新军入川，但造成湖北空虚，武昌随即起事。消息传到驻扎于四川资州的端方军营，军心动摇。该部本是端方在湖北巡抚任上的旧部，而且端方待下宽厚，在官兵中很有人缘。但此时，“革命意志”战胜了个人情感，哗变士兵们用砍刀处决了端方及其五弟、曾在日本学习铁路建设的端锦。端方的脑袋被装在盒子中，浸满煤油以防腐，呈送给了武昌，作为“投名状”。

辛亥革命中，罕有清廷高官被杀，包括“瑞澂辈误国殃民，罪魁祸首，竟逃显戮”，一个个平安着陆。时人感慨“独端方不保首领，岂天之欲成其名耶！”其实，革命党早欲除去端方，因其能力与号召力，如“使其久督畿辅，则革命事业，不得成矣”。

被强行“扫进历史垃圾堆”的端方，曾经深刻地认为，立宪与专制有优劣之分，而君主与共和则只有形式之分，如果宪法受到尊重，君、官、民都只是同一规则下的游戏参与者；而如果宪法就是垃圾，任何人都可能成为国家的破坏者。他指出：“设立政府所以谋公共利益，保全国民之治安兴盛利乐，非为一人一家或一种人之幸福尊荣私利也。”

（《作家文摘》总第1271期）

“满洲国”崩溃时“帝宫”逃亡亲历

·郑广元口述　王文锋著·

郑广元是伪满洲国国务总理郑孝胥的孙子，与溥仪的二妹韫和结婚后，即跟随在溥仪身边。“满洲国”崩溃时，他是负责“帝宫”逃亡的经管人之一。他以其亲身经历，回忆了在大栗子沟的许多细节，是对这段逃亡过程的翔实记录——

随同溥仪逃跑的，有皇后婉容、贵人李玉琴、弟弟溥杰及其妻子嵯峨浩，溥仪的二、三、五三个妹妹及妹夫，溥仪的乳母、随侍等。“帝室御用挂”吉冈安直和伪祭祀府总裁桥本虎之助，是离不开溥仪的人。其他诸如伪满总理张景惠、总务厅长官武部六藏及各部伪大臣，也纷纷跟着逃跑。这一大群人挤在一列火车上，走了两天三夜，于1945年8月13日到达长白山区、鸭绿江边的大栗子沟铁矿区。这群人在这里过了两天惊惶不安的日子，8月15日，日本天皇裕仁宣布无条件投降，伪满洲国傀儡皇帝也宣布“退位”（这是溥仪第三次“退位”）。

当天，“御用挂”吉冈通知溥仪去日本，叫溥仪挑选几个随行人员。溥仪挑了溥杰和三、五两个妹夫润麒和万嘉熙，这三个人都是在日本学过军事的；还挑了三个侄子，都是侍候“皇上”最得力的；再就是医生黄子正和随侍李国雄。下午，我去看溥仪，见他情绪颓丧，他叫我把随行人员名单交给吉冈。我走进吉冈的住所，只见他和伪祭祀府总裁桥本两人，身穿日本和服，坐在榻榻米上，正在低声谈论什么。他一回头，我发现他鼻下的小胡子没有了，脑中顿时一闪：莫非他要显示“武士道精神”剖腹自尽吗？吉冈接过名单，看完后说：“好吧，飞机小，乘不了许多人，就这样吧。”随即，溥仪把一大群家属和随行人员留在大栗子沟，派溥俭、溥僎和我三人照料。晚上，溥仪一行人匆匆忙忙乘上火车，离开大栗子沟到通化去了。

溥仪走后第二天，大栗子沟周围的日本关东军部队全部撤走，半山上的“建国神庙”被放了一把大火烧光了。这时，一大群伪满宫内府和大栗子沟铁矿的日本职员和家属，还留在铁矿区宿舍楼里。伪满宫内府的日本人，每天的饮食由矿区日本人供给。内廷有自己带来的粮油，矿区只供给一些菜蔬。伪宫内府的一群日本官吏，见溥仪一走，更是摆出一副专横跋扈的样子。日本翻译道满，要内廷司房管理人严桐江交出带来的大米、面粉、白糖和油料等食品，由日本人管理。溥俭、溥僎和我研究，只同意分一部分给他们食用。道满不同意，向严桐江发怒，我们不理他，他也再无办法。伪宫内府的日本人弄到内廷分给的食品后，就各自在家里做糕点。不料，距大栗子沟不远的临江县城里，前一天日本人挨了中国人的打，他们家里的东西全被抢光，消息传到大栗子沟，村里、矿里的工人和家属，大人、小孩一齐来到矿区日本人的住处，把他们家里的东西全都抢走了。那个一向气势汹汹的道满，被打得鼻青脸肿，衣服也被撕破，垂头丧气地靠在墙角边，不敢动弹。当晚，所有日本人都被赶到车站仓库里去住。溥杰的日本妻子和女儿，仍留在中国人当中生活。第二天，内廷人员也都集中迁到一所大库房里住，库房里分隔成八九间，带来的食品和溥仪的一些行李，都放在那里。

住在库房里，皇后婉容有两个太监侍候，有带来的鸦片烟抽；贵人李玉琴也有用人侍候；嵯峨浩自从到大栗子沟以后就穿上中式服装，带着女儿整天坐在房中，愁眉不展；严桐江把带来的英国香烟分给会抽烟的人们，还把内廷储存的鱼翅和海参做菜分给大家吃。

一天下午，忽然来了一辆大轿车，后面跟着一群伪警察。车停在路旁，从车里走出一名苏联军官、一个没有穿军服的苏联人和两名手里拿着轮盘式冲锋枪的苏联士兵，他们向库房走来。这时，内廷人员都惊慌起来，一个个都急忙收拾行李，挤在走道里，等候苏联军官吩咐。苏联军官把这一群人召进一间平时是饭厅也是会客室的较大的房里，然后满脸笑容地向屋里挤满的人们讲话，由那个没有穿军服的苏联人翻译成中国话。他先问："你们为什么都背着行李，站在走道里呢？"然后又解释说："你们不必害怕，我们不是来抓你们的。"于是大家都围着长桌坐下，静静地听着。苏联军官自我介绍说，他是苏联战斗英雄比夫廖夫中校，是在欧洲战场战胜纳粹德国后，调到远东来对日本作战的。他还透露消息说，你们的"皇帝"溥仪在苏联受到很好的待遇，你们可以放心。最后，他说他来大栗子沟，是要找几个人去苏联侍候溥仪，其中要一名厨师，去做中国饭给溥仪吃。然后，他拿出一张名单，叫溥俭、溥僎及随侍数人，准备随他去苏联。严桐江拿出带来的法国香槟和进口雪茄，请苏联军官用，比夫廖夫中校高兴地举杯一饮而尽。少时，他要求见见皇后婉容，他走进婉容的房里，有礼貌地和婉容握手后出来。他又约大家到屋外参观两名苏联士兵手中的新式武器——轮盘冲锋枪。侍候婉容的太监说，婉容要给溥仪去信，让他执笔，报告溥仪婉容平安，希望早日团聚。信写好后，交溥俭带去。

溥俭、溥倛走后，留在大栗子沟的还有40多人，由我照料。溥仪的侄子、伪宫内府近侍处处长毓崇和职员吴少香，也自动参加照料。侍医徐思允一家和内廷用人霍青云搭上老乡的运货马车，回长春去了。其他人也想分散雇大车回家，只因听说山沟里时常有拦路抢劫和绑架的事，未敢冒险而行。为了安全，每夜都有两人一组，轮流在库房门口值班。一次，轮到我和一个随侍值班，半夜时，只见两个人影向库房大门走来，手中都拿着长枪，走到大门前五六米处，发现了我们，就举起枪对我们气势汹汹地叫“不许动”。见我们没动，他们就往大门里走。门里没点灯，一片黑暗。他们的叫声惊醒室内的几个随侍和用人，随侍们吓得连滚带爬，致使桌椅乱响，把这两人吓了一跳，以为室内有不少人，便急忙向门里放了两枪，回头就跑了。这次幸亏没有伤人，但使住在库房里的人们都感到极不安全。毓崇和严桐江建议，去联络当地伪警察和伪铁路警察，请他们保护，每处送去10万元伪币。

约一个月过去，内廷用人霍青云又由长春回来。毓崇自告奋勇同吴少香、霍青云再去临江县城，联系迁移的事。他们找到临江县伪县长，安排将离县公署不远的临江公寓作我们的临时住所。并且，联系了铁路段派一列专车到大栗子沟来“接驾”，沿途由铁路警察保护。办这些事，一共被索取了10万元伪币。我当时纳闷，严桐江几次大量花钱，究竟带来了多少钱？后来严桐江才透露，溥仪当了十几年傀儡皇帝，每月都有存钱，到大栗子沟时，带来120多万元伪币，这些伪币如不尽快用掉，转眼就要成为废纸。

11月，我们迁到临江县城里。经过几天安顿，生活稍安定些，县城里的确比大栗子沟安全，日用品和食品也能买到。

约过半个多月，临江县一带又紧张起来，传说八路军向临江进军，已离县城不远。伪县长以下的一些官吏，纷纷逃跑。新年前夕，一天夜里约11点钟，忽有敲大门声，随后冲进来十几名八路军战士，举起枪叫大家“不许动”。随后进来一名拿手枪的战士，让大家都集中到大屋里，听他讲话，后来才知道他是八路军后勤部李政委。李政委宣布，溥仪的财物全部查封，随行人员的行李要检查一次，不需用的物品全部交出。次日早晨，李政委和七八名青年战士便到各个房间检查行李，我们把一些用不着的物品都交了。严桐江曾把溥仪的部分物品分交内廷随行人员，藏在各自身边，后来在我们离开临江公寓前再次检查各人行李时，这些物品都被查了出来。新年过后不久，李政委通知伪宫内府内廷准备送婉容、李玉琴、嵯峨浩、太监和用人共七人回长春。次日，一辆卡车把七个人送走，其他随行人员也搬出临江公寓，遣散回家了。

婉容、李玉琴、嵯峨浩等七人，到通化后就暂时住下了。溥仪的乳母“二嬷”和她的儿子后来也到了通化，和婉容等住在一所房屋里。在大栗子沟的那一群伪宫内府日本官吏也都在通化，关在伪公署底层一间屋子里。农历的除夕夜，在通化市内，准备遣返的两千多名日本人阴谋暴动，冲进八路军设在伪公署楼上的办事处，双方发生枪战，日本暴徒多有伤亡。战斗中流弹横飞，穿过婉容等人的住处，溥仪的乳母“二嬷”臂上中弹，流血过多，不久死去。婉容、李玉琴、嵯峨浩在通化住了不久，就被送到长春。婉容被送到她的哥哥润良家，润良不肯收她；李玉琴被送回她的娘家去了。其他人也散了，只有婉容和嵯峨浩没有去处。当苏军撤出东北时，比夫廖夫中校在中途扔下溥俭、溥偀等人不管，于是溥俭、溥偀都逃走了。

溥俭到通化，随婉容等人到长春后，又随婉容和嵯峨浩到延吉，一起被关进监狱。那时，婉容病已垂危，有时昏迷不醒。过不久，准备去哈尔滨，她行动不便，溥俭本来要送她去，后来旁人再三劝溥俭不要带婉容去，就让她死在监房里算了。溥俭和嵯峨浩离开延吉，途中听人说，在他们走后第三天，婉容就死去了。

（《作家文摘》总第1888期）

吴佩孚反对“现代化”改造故宫

·王 军·

1923年5月24日，第一届国会继续开会筹备处在天津成立。与此同时，国会参、众两院的一项建设计划却惹出大麻烦。

因嫌宣武门象坊桥国会会场不够宏敞，两院计划迁往紫禁城太和、中和、保和三大殿，并将三大殿改造成办公及会议场所。时以“直鲁巡阅使”之职驻扎洛阳的吴佩孚闻讯大怒，发电报给大总统黎元洪、国务总理张绍曾等人，表示坚决反对。一时舆论大哗。

三大殿改议院计划

电报登在1923年5月22日的《顺天时报》上，吴佩孚说：“尝闻之欧西游归者，据云：百国宫殿，精美则有之，无有能比我国三殿之雄壮者，此不止中国之奇迹，实大地百国之瑰宝，欧美各国无不断断地保存古物为重。有此号为文明，反之则号为野蛮。”

他还举例说明：“埃及六千年之故宫、希腊之雅典故宫、意大利之罗马故宫，至今犹在，累经百劫，灵光巍然，凡此故宫，指不胜屈。若昏如吾国今日之举动，则久毁之矣。骤闻毁殿之讯，不禁感喟！此言虽未必信，而究非无因，而至若果拆毁，则中国永丧此巨工古物，重为万国所笑。”

主持国会迁移的国会众议院议长吴景濂、参议院议长王家襄等迅速复电吴佩孚，称并无拆除三大殿改建西式议院之说，仅计划在三殿楹柱之间，增设议席及旁听席。

瑞典建筑师施达克担纲此项设计。按他设计，帝座将被移走，太和殿东西两侧将各新建两座二层、5.2米高的平顶建筑，内设总统休息室、议员休息室、衣帽间、厕所和锅炉房等。

1923年6月，黎元洪被曹锟逼出北京。10月5日选举总统，曹锟贿选总统丑闻爆出，激起民愤，国会瘫痪，改造计划终成泡影。

“计划未实现也许是我们今天应感到庆幸的事。”2002年，瑞典哥德堡大学学者司汗撰文评论，“施达克的紫禁城改建议院的计划是历史上唯一一次，希望将来也不会有。”

后来的事实表明，施达克式的计划并非“历史上唯一一次”，它只是第一次而已。

故宫存废之争

1924年10月溥仪被驱出宫，此后宫禁开放，故宫博物院成立。

1928年，国民党北伐成功，宣告中国统一，实行直接党治、一权主义（将立法、司法、行政三权合为一体）。

在神化党权之时，国民政府大肆“破除封建迷信”，各地党部煽动民众捣毁庙宇。革命风潮，也向故宫刮去。

1928年，国民政府委员经亨颐提出“废除故宫博物院，分别拍卖或移置故宫一切物品”的议案，国民政府函请中央政治会议复议。

同为国民政府委员的张继，以大学院古物保管委员会主席名义，给中央政治会议提交长篇呈文，对经氏观点逐一驳斥。

张继最后写道：“一代文化，每有一代之背景，背景之遗留，除文字以外，皆寄于残余文物之中。大者至于建筑，小者至于陈设，虽一物之微，莫不足供后人研究之价值”，“即使我人不自惜文物，亦应为世界惜之。还观海外，彼人之保惜历史物品如彼，吾人宜如何努力？岂宜更加摧残？”

经氏议案终被否决。

“吴佩孚，吾佩服”

“吴佩孚，吾佩服”，旅美建筑史学者赖德霖2008年投书《读书》杂志，他被互联网上流传的一位房地产协会会长建议拆故宫建住宅的“玩笑”激怒。那位会长说，北京土地资源存在严重浪费的情况，其中最浪费的就是故宫，因为故宫占地近72万平方米，而且处于市中心的繁华地带，地产价值不可估量。

“这不禁令我想到了吴佩孚。”赖德霖在文中写道，“吴氏在中国近代史上多被称为‘军阀’，更因镇压‘二七’大罢工而恶名昭著。但他一生至少有两件事无负国人。第一是他在日本侵华战争爆发、北平等地沦陷时表现出了民族气节，拒绝与日伪合作。第二是在北京紫禁城宫殿面临被北京政府‘现代化’改造的关头，他挺身而出，致电反对。”

20世纪50年代改造紫禁城之议曾再度兴起，60年代北京市政府也曾有所谓“故宫改建规则”，幸都未成真，赖德霖感叹：“如今又有觊觎者，虽或属恶搞，却不能不令人担忧。难道紫禁城的劫难尚未终了?”

（《作家文摘》总第1382期）

图书在版编目（CIP）数据

晚清风云 / 《作家文摘》编. -- 北京 : 作家出版社，2018. 8
（《作家文摘》25周年珍藏本）
ISBN 978-7-5212-0078-2

Ⅰ. ①晚… Ⅱ. ①作… Ⅲ. ①散文集 - 中国 - 当代 Ⅳ. ①I267

中国版本图书馆CIP数据核字（2018）第128784号

因时间仓促、发表时间久远等原因，本书仍有部分作品的作者未能取得联系。
请作者及时与编者联系，支取为您预留的稿酬。
《作家文摘》 电话：010-65005411

晚清风云 / 《作家文摘》25周年珍藏本

编　　者：《作家文摘》
封面人物：孙中山
责任编辑：杨兵兵
装帧设计：于文妍
出版发行：作家出版社
社　　址：北京农展馆南里10号　　　　邮　　编：100125
电话传真：86-10-65930756（出版发行部）
　　　　　86-10-65004079（总编室）
　　　　　86-10-65015116（邮购部）
E-mail:zuojia@zuojia.net.cn
http://www.haozuojia.com（作家在线）
印　　刷：三河市北燕印装有限公司
成品尺寸：170×240
字　　数：189千
印　　张：16.25
版　　次：2018年8月第1版
印　　次：2018年8月第1次印刷
ISBN　978-7-5212-0078-2
定　　价：38.00元